Jorge Luis
Borges

Evaristo Carriego

埃瓦里斯托·卡列戈

[阿根廷] 豪尔赫·路易斯·博尔赫斯 著

王永年 屠孟超 译

上海译文出版社

……真实的一种样式，不是向心凝聚，而是有棱有角、有裂纹的真实。

德·昆西《作品集》

第十一卷，第六十八页

目 录

本集略去已收入诗集《另一个，同一个》（一九六四年）的《匕首》。本集除《骑手的故事》为屠孟超所译，其余各篇均为王永年所译。

序　言

多年来，我一直认为自己是在布宜诺斯艾利斯的一个郊区长大的，那里街上不安全，到处显露出衰败气象。事实上，我成长的地方是一个有铁矛似的栏杆围着的花园和藏有无数英文书籍的书房。以匕首和六弦琴为特征的巴勒莫（人们让我确信）就在门外的街角上，但是早上出没在我身边，晚上给我带来愉快的惊吓的是斯蒂文森笔下被马匹踩伤后奄奄一息的瞎眼海盗，把朋友丢在月球上、自己离去的叛徒，从未来摘来一枝凋谢花朵的时间旅行者，在魔瓶里被禁锢了几百年的精灵，波斯呼罗珊的蒙面先知，他那缀着石珠的纱巾后面是一张麻风病人的脸。

那么，铁矛似的栏杆外面有些什么呢？离我几步之遥，在那乱哄哄的杂货铺里和危险的荒地上，发生了什么本地的暴力事件呢？那个风景如画的巴勒莫曾是，或者可能是什么模样呢？

　　本书要回答那些问题，但它资料性的成分少于想象的成分。

豪·路·博尔赫斯

说　　明

我认为埃瓦里斯托·卡列戈这个名字将归入我们文学的 ecclesia visibilis（可见会众）里，文学的虔诚组织——文学课、作品选集、本国文学史——肯定会把它包括在内。我还认为这个名字将归入更真实、更隐秘的 ecclesia invisibilis（不可见会众），归入比较分散的、确有价值的人的集体，这种归分并不是由于他作品的悲叹部分。我已经试图对我的见解作过解释。

我也考虑过——或许带着不恰当的偏爱——他所要模仿的现实。我希望采取确定而不是假定的方式：假定免不了会自冒风险，因为我猜想，提到洪都拉斯街，并且耽于那个名字的偶然引起的回响，同不厌其烦地加以明确相比，不大容易落空，而且轻松得多。喜欢布宜诺斯艾利斯主题的人不至于由于那种耽误而不耐烦。我特地为他们增添了附录的章节。

　　我参考了极有帮助的加夫列尔的书以及梅利安·拉菲努尔和奥尤埃拉的研究结果。我要感谢的人还有胡利奥·卡列戈、费利克斯·利马、马塞利诺·德尔马索博士、何塞·奥拉韦、尼古拉斯·帕雷德斯、维森特·罗西。

豪·路·博尔赫斯

一九三〇年，布宜诺斯艾利斯

布宜诺斯艾利斯的巴勒莫

　　证明巴勒莫历史悠久的人是保罗·格鲁萨克。《图书馆年鉴》第四卷第三百六十页的一个注释已有记载；多年以后，《我们》第二百四十二期刊登了证明或公证文件。文件表明，有个名叫多明格斯（多梅尼科）·德·巴勒莫的意大利人，也许是为了保存一个难以西班牙语化的姓，在自己的名字后面加上他的家乡，他"二十岁时来到本市，娶一个征服者的女儿为妻"。这位多明格斯·巴勒莫于一六○五至一六一四年间在本市供应牛肉，马尔多纳多河畔有他的牲口栏，豢养或者屠宰野牛。牛已经宰光，但为我们留下一段明确的记载："城市边缘的巴勒莫庄园有一头杂毛的骡子。"听来似乎荒谬，我仿佛看到了它很久以前的清晰而细微的形象，不想再添加什么细节。我们看到就够了：现实日趋混乱的模样，夹杂着嘲弄、意外、像意外那般奇怪的预见，只有小说中可以找回，但小说在这里是不合适的。幸好现实的丰富多彩的模样不是唯一的：还有回忆中的模样，回忆的要素不在于事实的衍化，而在于持久的孤立的特点。那种诗情是我们的无知所固有的，我无需寻找别的。

勾勒巴勒莫的画面时，少不了那座整洁的小庄园和污水横流的屠宰场；夜晚还少不了一条荷兰走私船，傍靠在茅草摇曳的浅滩。要找回那幅几乎静止不动的史前景象，仿佛是要愚蠢地拼凑一部条分缕析的编年史：罗列布宜诺斯艾利斯几百年来漫不经心地向巴勒莫扩展的各个阶段，当时的巴勒莫只是祖国背后一些荒凉的湿地。最直接的办法是采用电影手法展示一系列静止的画面：一帮葡萄园的骡子，脾气倔的蒙着眼罩；宽广的死水上漂浮着几片柳树叶；一个孤鬼游魂似的人颤巍巍地踩着高跷涉过湍急的流水；辽阔的田野毫无动静；赶往北方畜栏的牛群践踏出来的蹄印；一个农民（拂晓时分）下了累垮的马，砍断它粗壮的脖子；消失在空中的烟。一幅幅的画面直到堂胡安·曼努埃尔[1]的建城，他不仅仅像是格鲁萨克记载的多明格斯-多梅尼科那个历史人物，并且成了传奇似的巴勒莫之父。建城是不惜一切代价的。当时的惯例是在通往巴拉卡斯的道路旁边拥有一处可供歇脚休息的别墅。但是罗萨斯大兴土木，他的别墅的一草一木都不能就地取材。于是，罗萨斯从首蓿地（后称贝尔格拉诺）运来几千大车的黑土，填平并改良巴勒莫的黏土，直到原来的生土和费了大力气运来的泥土符合他的心意才罢休。

四十年代时，巴勒莫上升为发号施令的共和国首府、独裁者的朝廷和中央集权派诅咒的对象。我不打算细述它的历史，以免忽略别的部分。我只消列举"那座称做'他的宫殿'的白色大宅"（赫德森，《很久以前》，第一百○八页），甜橙园，'复兴者'用砖墙和铁栏杆围住的划船的水池。斯基亚菲诺[2]评论那种简朴的水上消遣时说："低水平的泛舟不会有什么乐趣，回旋的范围又这么小，等于是骑矮种马。但是罗萨斯相当得

1　Juan Manuel de Rosas（1793—1877），全名胡安·曼努埃尔·德·罗萨斯，阿根廷军事和政治领导人。

2　Eduardo Schiaffino（1858—1935），阿根廷印象派画家、艺术评论家。

意；他抬头就可以望见栏杆旁边站岗的卫兵的身影，像涉禽似的密切注视着远处。"那个朝廷已经分散到各郊区：埃尔南德斯低矮的土坯营盘和巴勒莫的混血儿侍从队打闹作乐的营寨。大家看到，郊区永远像是有两种花式的纸牌，有两面的钱币。

巴勒莫在一个肥胖的、金黄头发的人苛刻的监视下惶惶不安地过了十二年。那人穿着镶红边的蓝色军裤和鲜红色的马甲，戴着一顶宽檐帽，走在清洁的路上，挥动一根轻飘飘的长手杖，仿佛把它当作权杖。一天傍晚，那个人胆战心惊地出了巴勒莫，去指挥等于是溃逃或者早就注定要打败的卡塞罗斯战役；另一个罗萨斯，也就是胡斯托·何塞[1]，进入巴勒莫，他像是一头野性未驯的公牛，礼帽箍着一根鲜红色的玉米棒子党的饰带，身穿将军的豪华制服。他开进了巴勒莫，阿斯卡苏比[2]的传单写得好：

在巴勒莫的入口，

1　Justo José de Urquiza (1801—1870)，全名胡斯托·何塞·德·乌尔基萨，阿根廷军人和政治家，阿根廷联邦第三任总统。
2　Hilario Ascasubi (1807—1875)，阿根廷诗人。

他下了命令，

拿两个倒霉的人示众，

他们挨枪子之后，

被吊在大树上，

直到尸体腐烂，

一块块地脱落……

阿斯卡苏比随后注意到落魄的大军：

与此同时，（如他所说）

他那些恩特雷里奥斯士兵

穷困潦倒，一筹莫展，

他们麇集在巴勒莫街区，

身上几乎都没有衬衣，

宰杀小牛果腹，

变卖零星用品度日……

记不清过了多少年月，那些被遗忘的地区几经盛衰，通过个别基金会——一八七七年成立感化院，一八八二年成立北济贫院，一八八七年成立里瓦达维亚济贫院——终于在九十年代前夕形成巴勒莫区，卡列戈家此时购置了住房。我要讲的就是一八八九年的巴勒莫。我把了解的事都写下来，不加省略，因为生活像罪孽那么羞怯，我们不知道在上帝看来哪些算是重点。此外，偶然的事件总是感人的[1]。我冒着写下众所周知的事实的危险把一切都写下来，但是明天的疏忽也许会打乱顺序，那是神秘的最笨拙的方式，也是它原先的面貌[2]。

---

1 "感人之处几乎总是在偶然的小事。"吉本在他的《罗马帝国衰亡史》第五十章末尾的一个注释里说。——原注

2 我断言——不带悖论的忸怩作态或者喜欢新奇的心理——只有新建的国家才谈得上过去；就是对过去的自传式回忆，也就是生动的历史。如果时间是继承的话，我们必须承认哪里的事件最密集，哪里的时间就最漫长，世界变化无常的一面也是最丰富的一面。这些王国的征服和殖民地化——面临倾斜的海平面、盘踞在海岸上的四座可怕的小堡垒，土著人袭击的弓箭——的过程是如此短暂，以致我的祖父在一八七二年只赶上指挥对印第安人的最后一次重要战役，在十九世纪中叶之后执行十六世纪的征服工作。然而，重提过去的事情又有什么意义呢？在格拉纳达街（位于巴勒莫西南。——译注），在比无花果树的年代古老几百倍的塔楼的阴影下，我没有感到时间的无关紧要，在潘帕斯街（位于巴勒莫北部。——译注）和三执政街（一译三首街，位于巴勒莫西部。——译注）的阴影下，我却感到了：这个枯燥的地方，如今屋顶成了英国式，三年前开始有了乌烟瘴气的砖窑，五年前开始有了混乱的牧马场。无数历史悠久、重视传统、复仇和君主制度的欧洲人深深为之感触的时间，在这些共和国里的流动更为莽撞。青年人感到了这一点。我们在这里和时间同步，我们是时间的弟兄。——原注

在西部铁路经过中美洲大街的支线那边，郊区在拍卖标旗中间懒洋洋地展开，拍卖的不仅是无主的土地，而且还有衰败的庄园，它们给粗暴地划分成块，准备以后做杂货铺、煤炭铺、后院、大杂院、理发店和围场。还有旧时的花园，一些棕榈树在建筑材料和钢材中间给挤得要发疯，那是一座大庄园的退化和遭到摧残的遗迹。

巴勒莫到处是一派贫穷和冷漠的景象。无花果树遮住了土坯墙；无论阴晴，小阳台都显得无精打采；卖花生小贩的喇叭声在暮色中逐渐消失。其貌不扬的房屋偶尔有几个石砌的瓶状装饰，顶上种了一些耐旱的仙人掌：别的植物普遍入睡时，那种不幸的植物似乎属于梦魇的领域，实际上它总是逆来顺受，生活在最令人不愉快的土壤和干旱的空气里，被人漫不经心地当作装饰品。也有愉快的事情：庭院里的花坛、痞子昂首阔步的姿态、栏杆之间的天空。

古老的城门并不因铜绿斑驳的马和加里波第的塑像而逊色（这种情形很普遍：所有广场上的青铜塑像都有锈蚀的毛病）。树木葱茏的植物园是首都居民散步的场所，和败落的泥地广场占据了同一个街角；以前叫做野兽园的动物园还要往北。它（散发着糖果和老虎的气味）现在坐落于一百年前巴勒莫侍卫队骚乱的地点。只有塞拉诺、坎宁和上校街等几条道路铺了粗糙的石块，其间有些平整的地段，供盛大游行或者庆祝胜利时彩车行驶。戈多伊·克鲁斯街有颠簸的六十四路公交车，那是巴勒莫建立时堂胡安·曼努埃尔的辉煌政绩。售票员歪戴的帽子和小喇叭引起当地年轻人的羡慕和仿效，但是查票员——对人们的诚实表示怀疑的专业人员——却常常受到刁难，痞子把车票塞在裤子的门襟里，没好气地说要查车票自己掏。

我找一些较为高尚的事情谈谈。巴勒莫东面同巴尔瓦内拉接壤的地方有许多大房子，庭院形成笔直的一长排，房子外墙刷成黄色或褐色，前后都有拱形门，还有精致的铁栅。烦躁的十月夜晚，人们搬出椅子，坐在人行道上，宽敞的房间一眼可以望到底，院子里的光线发黄，街上静悄悄的，空旷的房屋像是一排灯笼。那种虚幻而静谧的印象仿佛故事或者象征似的始终萦绕在我心中，拂之不去。它是我在杂货铺里听到的一个故事的片断，既平淡又复杂。我回忆起来，有些细节不太有把握了。故事的主人公仍是一个为法律所不容的土生白人，那次被人告发了，告密者卑鄙可恶，可是弹得一手好吉他，无人可以相比。故事，或者故事的片断，说的是主人公越狱逃了出来，当天夜里就要报仇，他苦苦寻找那个出卖他的人，在街上漫无目的地走着。那夜月色很好，吉他声断断续续地随风飘来，他循着琴声在布宜诺斯艾利斯迷宫似的大街小巷里拐弯抹角，终于来到叛徒弹吉他的一座冷僻的房屋外面。他闯进去，排开听众，一匕首挑起叛徒，然后抛下那个再也发不出声音的告密者和泄露秘密的吉他，扬长而去。

西面遗留着土生白人赤贫的迹象。布宜诺斯艾利斯人所说的"郊区"一词在西班牙语里也作"河岸"、"海岸"解，用于这些荒凉的角落贴切得仿佛超乎自然，因为这里土地的轮廓模糊得像是海面，似乎用得上莎士比亚所说的"土地像水面一般泛着泡沫"那句话。西面有些灰蒙蒙的小巷，越往外面越是寒碜；铁路旁边的一座棚屋、一块龙舌兰间的空地，或者一阵几乎觉察不出的小风，表明了潘帕斯草原的起点。还能表明那种迹象的是一间破败低矮的房屋，房前小窗安着铁栅，屋后支起一张有花纹的黄色草席，在布宜诺斯艾利斯荒凉的地区自生自灭，见不到人的活动。再过去便是马尔多纳多河，一条干涸的黄色大沟，从查卡里塔开始漫无目的地延伸，奇迹似的没有渴死，到这里变成了滚滚浊浪，把岸边垂死的村落一扫而光。五十年前，这不规则的大沟或者死亡以外便是广阔的天地：马匹嘶鸣、鬃毛飘扬、牧草肥美的天地，退役的警察马队悠闲的猎场。马尔多纳多河一带，本地的歹徒逐渐稀少，取而代之的是谁都惹不起的卡拉布里亚人，那些意大利后裔特别记仇，阴险的匕首很久以后还会找上门来。这里便是悲哀的巴勒莫，因为小河边的巴勒莫铁路散发着被奴役的庞然大物、像是停歇的大车辕杆似的升起的道口栏杆、笔直的铁路路基和月台的奇特的悲哀。冒着蒸汽的机车和来回调动的车皮构成西区尽头的一道风景线；后面是涨水泛滥、喜怒无常的小河。如今它正被禁锢起来：那个几乎无限凄凉的侧翼前不久在"鸽子"咖啡馆拐角处出现了缺口，将被一条有着英国式房屋的傻乎乎的街道所取代。马尔多纳多河留下的将只有我们的回忆，阿根廷最好的活报剧和两种探戈——一种是尽情扭动身体的最早的舞蹈式样，现在已遭到冷落；另一种是博卡式忧伤的探戈舞曲——以及某种无助于唤起空间感的陈词滥调和在并未亲眼看见的人想象中错误的冥府景象。我不认为马尔多纳多河一带和别的十分贫困的地区有什么不同，但是一般人总认为那里的平民面临洪涝和毁灭的威胁仍在下流的妓院里胡闹。因此，在我提到的活报剧里，小河不是常用的背景；而是远比黑白混血儿纳瓦、中国女人多明加和木偶重要得多的存在。（刀客受伤未愈、八十年代的大起义记忆犹新的阿尔西纳桥，在布宜诺斯艾利斯的神话中取代了马尔多纳多河。在现实生活里，最贫困的地区往往最自卑，特别讲究面子，这种情况很容易见到。）小河边掀起了黄尘滔天的风暴，突如其来的草原风敲打着所有朝南的门户，在门厅里留下了刺蓟花，横扫一切、遮天蔽日的蝗虫群[1]，荒凉和雨水。河畔一带喜欢尘土。

　　小河和树林一带开始热闹起来。最早兴建的是北区的几个屠宰场，它们分布在日后拓展的安乔雷纳街、拉斯埃拉斯[2]

1　消灭蝗虫是违反教义的，因为蝗虫身上有十字形的花纹：基督发布的特殊标记。——原注
2　Las Heras（1780—1866），阿根廷将军、政治家。

街、奥地利街和贝鲁蒂[1]街之间的十八个街区，如今除了"菜牛检验处"这个残存的名称之外，已经没有任何痕迹。有一次我听到一个车夫提到这个地名，但他并不知晓根由。读者从我的描述中可以想象出那个包括许多街区的广阔地域的模样，尽管进入六十年代后牲口圈已经消失，但仍是当地庄园的典型标志——公墓、里瓦达维亚济贫院、监狱、市场、市府大院、现今的羊毛洗涤厂、啤酒厂、阿莱庄园——周围都是生活艰难的贫民区。我之所以提到阿莱庄园有两个原因：一是那里有梨树，当地的小孩老是成群结队地去偷摘，二是在阿圭罗街出没、脑袋靠在街灯杆上的幽灵。除了那些横行一方、刀客痞子的实际危险之外，还有道听途说的想象中的危险；蓬头垢面的"寡妇"和讨厌的"邋遢鬼"就是当地人避之不及的人物。北区曾是人人害怕的地方，影响自然不会轻易消失。有些贫困地区之所以没有彻底消亡，是因为还有痞子余威的支持。

　　沿着查凡加街走去（经过拉斯埃拉斯街），最后一家酒

1　Antonio Beruti（1772—1841），阿根廷军人，在一八一七年圣马丁指挥的查卡布科战役中打败西班牙保皇军队。

馆名叫"曙光"，这个牌号虽然暗指大清早喝酒的习惯，但给人以空无一人的断街的印象，拐了许多弯之后，终于有一家灯光柔和的杂货铺。北区公墓和感化院灰蒙蒙的后面出现一片房屋低矮、破败凌乱的郊区；它的名称是众所周知的"火地岛"。最初那里遍地瓦砾垃圾，冷僻的角落经常发生袭击事件，偷偷摸摸的人打口哨互相招呼，突然会向小巷四散逃跑。这里是不法之徒的最后据点，他们骑着马，头上的软帽遮住眉梢，穿着庄稼汉的灯笼裤，出于习惯或者冲动，一直同警察进行一场个人恩怨的战争。他们打斗用的匕首刀身很短——好汉爱用短刃——钢的质量比政府采购的砍刀还要好，价钱更贵。他们玩刀子时不顾一切，混乱中也能眼观六路，耳听八方。由于押韵的关系，两句形容他们剽悍的诗，历时四十年之久还在流传：

借光，给我让让道，
我来自火地岛。[1]

1　托拉尔，二百二十三。——原注

那一带不仅仅有打斗；也有吉他。

我把记忆中的这些往事写下来时，忽然无缘无故地想起《乡思》里那句诗："此时此地，英格兰给了我帮助。"勃朗宁写诗时想的是海上的自我牺牲和纳尔逊阵亡的旗舰——我翻译时把他祖国的名字也译了，因为对于勃朗宁，他立刻想到的是英格兰的名字——对我却是孤独的夜晚，在无穷无尽的街区着迷似的散步。布宜诺斯艾利斯十分深沉，我失望或痛苦时，一走在它的街道上，不是产生虚幻的感觉，便是听到庭院深处传来的吉他声，或者同生活有了接触，这时我总能得到意想不到的安慰。"此时此地，英格兰给了我帮助"，此时此地，布宜诺斯艾利斯给了我帮助。那就是我决定写下这第一章的诸多原因之一。

埃瓦里斯托·卡列戈生平

　　一个人试图在另一个人身上唤起只属于第三个人的记忆，这种事情显然不合常理。然而，无所顾忌地把那不合常理的事情付诸实现，正是所有传记的善良愿望。我还相信，具备认识卡列戈的有利条件，并不能降低为他作传的困难。我保存着对卡列戈的记忆：其实是对别的记忆的记忆的再记忆，在每次作传的新尝试中，与原样的最细微的偏离都会形成难以预测的扩大。我知道，那些记忆保留了我称之为卡列戈的性质特点，凭那些特点可以在一群人中间辨认出一张脸。这一点无可否认，但是那些无关紧要的、只有助于记忆的资料——说话的口气、走路和静止时的姿态、眼神的运用——形成文字之后绝不能传达我对他的了解。能起传达作用的唯有"卡列戈"这个名字，它要求沟通我所要传达的准确的概念。还有一个不合常理的地方。前面说过，一提到埃瓦里斯托·卡列戈这个名字就能想象出他的模样；我还应补充说，任何描述都可以满足人们的要求，只要不是严重地不符合他们心目中已经形成的模样。我重复一下《我们》杂志第二百一十九期发表的朱斯蒂的描述："居住在郊区的诗人，老是穿着黑色的衣服，长得干瘦干瘦，一双小眼睛让人看了不安。""老是穿着黑色的衣服"这句话和"干瘦干瘦"这个形容词已经有了死的暗示，从那张聪明绝顶，但皮包骨头的脸上也看得出来。他那双眼睛里流露出对生命的迫切欲望。马塞利诺·德尔马索写的悼词里也提到那双眼睛："他的眼睛尤其突出，虽然显得十分黯淡，但表情非常丰富。"

卡列戈是恩特雷里奥斯省巴拉那市人。他的祖父埃瓦里斯托·卡列戈博士出版过一本黄褐纸、硬封皮的书，书名恰如其分地叫做《被遗忘的卷帙》（圣菲，一八五九年，我的读者假如有在拉瓦列街淘旧书的习惯，很可能在杂乱无章的故纸堆里见过。往往是拣起来又放下的那种，因为里面写的激情纯属偶然。那本书集急就章之大成，从常用的拉丁词语到麦考利[1]或加尼亚注译的普鲁塔克，只要适合需要，无不兼容并包。他的成就在精神方面：当巴拉那市议会决定为仍健在的乌尔基萨立一座塑像时，提出反对意见的唯一议员就是卡列戈博士，他发表了一篇漂亮的演说，尽管无济于事。这里重提卡列戈爷爷，不仅是因为他那可能有争议的遗传，而且是因为孙子日后得益匪浅的文学传统，他开始写的东西不很出色，但为后来颇受尊重的作品创造了条件。

　　卡列戈家几代都是恩特雷里奥斯人。拉丁美洲出生的欧洲人的恩特雷里奥斯语调和乌拉圭语调相似，正如老虎那样，糅合了壮美和冷酷的成分。它有战斗性，起义军骑兵的长矛就是它的象征。也有温柔的一面：温柔得要命，简直让人难为情，莱吉萨蒙[2]、埃利亚斯·雷古莱斯[3]和西尔瓦·巴尔德斯[4]最富于战斗性的篇章中就有体现。它有严肃性：我

1　Thomas Babington Macaulay（1800—1859），英国历史学家、散文家、诗人。
2　Martiniano Leguizamón（1858—1935），阿根廷作家，著有小说《守林人》、剧本《百灵鸟》等。
3　Elías Regules（1860—1929），乌拉圭医师、诗人、剧作家，代表作有剧本《前夫的儿子》。
4　Silva Valdés（1887—1935），乌拉圭本土主义诗人，著有诗集《似水流年》及短篇小说和剧本等。

谈论的语调在乌拉圭东岸共和国尤为明显，在那里，阿库尼亚·德·菲格罗亚[1]推荐的一千四百首西班牙殖民时代的讽刺诗里没有一首带有幽默和欢乐。那种语调如果用于诗歌创作，适合描写风光或罪恶；它的主题不是马丁·菲耶罗在劫难逃的命运，而是经过美化的酗酒和斗殴闹事。从那种意义来说，它助长了我们所不理解的大树般的激情和我们所不能体现的印第安人的冷酷无情。它的严肃性似乎来自一种更为突出的粗暴性格：松勃拉[2]，作为布宜诺斯艾利斯人，熟悉草原生活，在牧场赶牲口，偶尔动刀子同人决斗；作为乌拉圭人，有可能熟悉起义军的骑马冲锋，带兵行军，走私越货……卡列戈从传统上了解那种浪漫主义的土生白人的特点，把它同郊区的心怀不满的土生白人的特点糅合起来。

除了他那土生白人特点——外省的世系，居住在布宜诺斯艾利斯郊区——的明显的理由之外，我们还应该补充一个

1　Acuña de Figueroa（1790—1862），乌拉圭诗人，乌拉圭国歌的作者。

2　阿根廷诗人、小说家吉拉尔德斯（Ricardo Güiraldes，1886—1927）著名小说《堂塞贡多·松勃拉》中的人物，松勃拉集中了高乔人的一切高尚品质，成为潘帕斯草原的象征。

不合常情的理由：他的母姓焦雷洛表明他有意大利血统。我这么说并无恶意；纯粹土生白人的特点是命中注定的，由不得自己选择；混血的土生白人的特点却是一种偏爱，一种选择决定的行为。有灵感的欧亚记者吉卜林作品中流露出来的对英国民族的崇敬，岂不是他的不纯血统的又一个证据吗？（如果相貌还不足以证明的话。）

卡列戈常常自诩说：我对外国佬不仅仅是厌恶；我侮蔑他们，但是这种得意忘形的声明恰恰证明了它的不真实性。土生白人确信自己守身如玉，不和别的种族乱交，他具有主人的优越感，把外国佬看低一等。他的幸福感使他产生幻想，自我崇拜。人们常说意大利人在这个共和国里很吃得开，除非被他们排挤掉的人认真对待他们。那种骨子里含有讽刺的善意，正是留给土生白人们的报复。

西班牙人也在他厌恶之列。他喜欢运用西班牙文的俚语词义——以《法语特有语汇词典》代替宗教裁判火刑的狂热分子，笔杆丛林中的仆人。但是这种成见或偏见并没有妨碍他结交一些西班牙朋友，例如塞韦里亚诺·洛伦特博士，此人似乎从西班牙带来了悠闲充裕的时间（产生《一千零一夜》

的阿拉伯式的宽裕时间），他在皇家凯勒酒吧要半升啤酒就可以泡到第二天天亮。

卡列戈觉得自己对贫困的社区负有义务：当时卑鄙的社会风气使这种义务成为怨恨，但他却把它看成是力量。贫困意味着需要更迫切地面对现实，不去考虑任何事物的最初的苦涩；有钱人似乎不会有这种感受，他们的感受仿佛都经过了过滤。埃瓦里斯托·卡列戈认为自己十分贴合周围的环境，以致他曾为在作品里两个不同的场合献诗给一个女人进行辩解，仿佛他一辈子该做的事只有体恤社区的贫苦。

他一生中遇到的事情多得不计其数，但是显然很容易叙述，加夫列尔在他一九二一年出版的书里这么做了。他向我们透露说，我们的埃瓦里斯托·卡列戈生于一八八三年五月七日，在国立学校上完三年级，经常去《抗议日报》编辑部，死于一九一二年十月十三日，其他翔实而不可见的情况就由叙述者去拾遗补阙，由叙述者去还历史以本来面目。卡列戈是个喜欢聊天和闲逛的人，我认为替他编一份年谱是行不通的。按时间次序排出他逐日的大事记似乎是不可能的；不如寻找那些永恒的重复的东西。只有满怀深情的不受时间限制的描述才能让我们重见他的风采。

在文学方面，他在指斥和赞扬方面的鉴别能力是不容怀疑的。他老是说人坏话：对公认的知名人物也横加诋毁，这种做法显然毫无道理，无非是出于对自己的小圈子的礼貌，他认为这个圈子里的人已经完美无缺，不可能因增添新的成员而更好了。正如几乎所有的阿根廷人那样，他通过阿尔马富埃尔特[1]的悲哀和欣喜表露了对语言的审美能力：他对阿尔马富埃尔特的爱好在他们日后的私人友谊中得到了证实。他最常读的书是《堂吉诃德》。至于《马丁·菲耶罗》[2]，他肯定和同时代的人一样，血气方刚的时候偷偷阅读，纯粹出于喜爱而没有自己独特的见解。他还喜欢看爱德华多·古铁雷斯的颇遭非议的打手传记，包括莫雷拉的半浪漫主义的传记和圣尼古拉斯的"黑蚂蚁"的不尽如人意的现实主义传

1　Almafuerte，阿根廷诗人佩·博·帕拉西奥斯（Pedro Bonifacio Palacios，1854—1917）的笔名，他的作品主要表现自我和个人的宗教信仰，著有诗集《不朽的女人》、《传教士》、《颤音》、《歌曲中的歌曲》。阿尔马富埃尔特在西班牙原文中意为"坚强的灵魂"。

2　阿根廷诗人埃尔南德斯（José Hernández，1834—1886）创作的长篇叙事诗，描写高乔人马丁·菲耶罗一生的不幸遭遇和顽强斗争。

记。("我来自阿罗约的圣尼古拉斯，什么都压不倒我！")法国是当时大家爱慕的国家，他从乔治·德斯帕贝斯的介绍以及维克多·雨果和大仲马的小说里才对法国有些了解。他在谈话中时常流露出对战争场面的偏爱。军阀拉米雷斯为了保护他心爱的德尔菲娜，被人用长矛挑下马来，砍掉脑袋；胡安·莫雷拉在妓院里寻欢作乐，死于警察的刺刀和枪弹之下；这些都是他津津乐道的故事。他还注意当时的轶事传闻：舞会上和街头巷尾的斗殴，讲述那些动刀子的场面时自己仿佛也沾上了恣肆粗豪的气概。朱斯蒂写道："他时常回忆当地的庭院、哀怨的手摇风琴乐声、跳舞、聚会、动辄拔刀相见的人、堕落放纵的场所。我们这些市中心的人出神地听着，仿佛听他讲一个遥远国度的神话故事。"他知道自己身体虚弱，来日无多，但是巴勒莫的一草一木在支撑着他。

他很少书写，说明他的草稿是口头打的。夜晚在街上行走，在拉克罗泽地铁站等车，迟迟回家的时候，他在构思诗句。第二天——一般在午餐后，这时比较倦怠，但没有什么急事——他不慌不忙地把想好的诗句写在纸上。他从不起早贪黑地写作。交稿前，他把诗念给朋友们听，检验直接效果。

这些朋友中间，他经常提起的一个人是卡洛斯·德·苏桑。

卡列戈谈话中常提到"苏桑发现我的那个晚上"。他既喜欢又讨厌苏桑，理由相同。喜欢的是苏桑的法国人身份，沾有大仲马、魏尔兰、拿破仑的灵气；讨厌的是法国人也是外国佬，在美洲没根没底，没有死去的祖先。此外，摇摆不定的苏桑只能算是近似的法国人：正如他自己转弯抹角地说过，卡列戈在一首诗里重复过的那样，是"弗里堡的绅士"，也就是说，没有跳出瑞士、够不上法国的法国人。在抽象意义上，苏桑叫他喜欢的地方是放荡不羁，叫他讨厌的地方是懒散、酗酒、做事拖拉马虎。这也表明，在埃瓦里斯托·卡列戈身上起主导作用的是忠实的土生白人传统，不是《不朽的人》的作者。

其实，卡列戈最真实的朋友是马塞利诺·德尔马索，他对卡列戈的感情是文人常有的那种几乎难以言宣的钦佩。德尔马索是个不公正地遭到遗忘的作家，无论待人接物或者写作都极其认真，他的主题是对不幸的同情和顾恤。他于一九一〇年出版了《被战胜的人》（第二辑），那本书未受重视，但有些篇章脍炙人口，例如对上了年纪的人的抨击虽然不如斯威夫特（《在几个遥远国家的游记》[1]第三部第十章）那么激烈，却更深刻。卡列戈结识的另一些作家有豪尔赫·博尔赫斯、古斯塔夫·卡拉瓦略、费利克斯·利马、胡安·马斯-皮、阿尔瓦罗·梅利安·拉菲努尔、埃瓦尔·门德斯、安东尼奥·蒙特阿瓦罗、弗洛伦西奥·桑切斯、埃米利奥·苏亚雷斯·卡利曼诺、索伊萨·雷利。

现在我谈谈他在社区的众多朋友。最有势力的是当时巴勒莫的头头帕雷德斯老大，是埃瓦里斯托·卡列戈十四岁时自己结交的。他打听本区头头的名字，人们告诉了他，他便找上门去，穿过一批五大三粗的戴高礼帽的帮闲，对帕雷德斯说他是洪都拉斯街的埃瓦里斯托·卡列戈。见面的地点是格梅斯广场的集市；小伙子在那里一直待到第二天凌晨，他和打手们平起平坐，同杀人凶手们称兄道弟——杜松子酒有助于人们肝胆相照。当时的选举是靠斧子解决问题的，首都的北区和南区按土生白人和贫民的人口比例产生选举把头，

---

1 即《格列佛游记》，一七二六年斯威夫特出版《格列佛游记》时没有署自己的名字。扉页上写着“《在几个遥远国家的游记》，里梅尔·格列佛著”。许多人信以为真，其中有一位海船船长声称自己认识作者里梅尔·格列佛船长。

由把头控制选民。外省也有把头活动：哪里情况需要，社区头头便带了手下的弟兄赶到哪里去督阵。腰上别着左轮手枪的大汉看人们独立自主地投下那些揉得皱里吧叽的选票。一九一二年颁布了萨恩斯·培尼亚[1]选举法，那些队伍便解散了。我提到的那个不眠之夜是一八九七年的事，选举法还没有实施，什么都由帕雷德斯说了算。帕雷德斯是个能完全驾驭局面的豪爽的土生白人，长得虎背熊腰，一头傲慢的黑色长发，两撇鬈曲的胡子，十分威严，平时声音低沉，挑衅时故意细声细气，拿腔拿调，走路大摇大摆，一言一行都可能成为传奇，他是玩纸牌、动刀子和弹吉他的好手，无限自信。他还是高明的骑手，因为那时的巴勒莫交通不便，来往庄园之间的长路都靠骑马。他大杯喝酒，大块吃肉，对起歌来不知疲倦。说到对歌，那夜之后过了三十年，他做了几首十行诗送给我，其中一句出乎我意料的表露友情的话使我永远难忘："博尔赫斯朋友，我衷心向您致敬。"帕雷德斯刀法熟练，但是制服怀有二心的手下人，整顿门户时，他不用刀子，而

1　Sáenz Peña（1851—1914），阿根廷总统，一九一二年颁布阿根廷第一部选举法。

用鞭子或者巴掌。每个人都受朋友、前人和环境的影响，"郊区的灵魂：你已被一斧头砍倒"那段文字里似乎回响着帕雷德斯已经厌烦于土生白人的诅咒的雷鸣般的嗓音。埃瓦里斯托·卡列戈，但愿上帝宽恕你，通过尼古拉斯·帕雷德斯认识了本地区的打手。他和那些人之间不相配的友谊保持了一段时间，从行业角度来说，那种本地白人的友谊充满了杂货铺里的热情，忠诚的高乔人的咒骂和"喂，哥们儿，你了解我"之类的废话。那种交往的痕迹是卡列戈用流氓切口写的、但羞于署名的一些十行诗。我把它们编成两辑：一辑是致费利克斯·利马的诗，感谢他送的题名为《九人行》的报道集；另一辑题名《争吵之日》，听来像是《愤怒之日》[1]，用笔名"矿工'发表在侦探杂志《埃尔西》上。我在第二章的附录里抄录了几首。

有关他爱情方面的事情，人们一无所知。他的弟弟们记得有个服丧的女人常常等在对街的人行道上，随便支使一个小厮来找他。他们同他开玩笑，但从没有套出那女人的名字。

---

1 天主教追思弥撒时唱的赞美诗。

现在我谈谈他的病，我觉得这件事至关重要。一般人认为他害的是肺结核；但他的家人坚决否认，也许是出于两种迷信，一是那种病有诅咒性，二是有遗传性。除了亲戚以外，朋友们都断定他死于肺痨。理由有三：一、卡列戈谈话时特别亢奋激动，可能是发烧的症状；二、他的诗中老是出现咯红的形象；三、他对赞扬的迫切要求。他知道自己在世的日子不多，除了留下一些文字以外，没有其他达到不朽的可能性；因此他迫切需要荣誉。他在咖啡馆里老是把自己的诗念给别人听，把话题拉到他的诗上，以不痛不痒的赞扬或者彻底否定来诋毁对他造成威胁的同行；常常心不在焉地说"我的才能"。此外，他准备了或者找到了一个似是而非的论点，预言全部当代诗歌都将由于辞藻华丽而消亡，唯有他的诗歌能传诸后世——好像本世纪不崇尚华丽辞藻似的。德尔马索写道："他要求自己的作品得到广泛注意，不是没有理由的。他知道成名是极其缓慢的过程，只有少数长寿的人才能做到，而他不可能积累大量作品，便在美和精炼的诗歌中寻求声誉。"他的行为并不意味着虚荣；而是荣誉惯有的组成部分，和看校样时的责任感属于同一类型。他预感到死亡不断逼近，不得不这么做。卡列戈憧憬未来，渴望像别人一样也有充裕的时间。由于同心灵的抽象的交流，他顾不上爱情和没有准备的友情，终于成了宣扬自己的推销员。

我这里可以讲一个小插曲。一天下午，一个被丈夫打得血流满面的意大利女人逃进卡列戈家的院子。卡列戈一怒之下，跑到街上破口大骂。女人的丈夫（附近一家酒店的老板）当时忍了下来，没有还口，但心里记恨。扬名是卡列戈的生活必需品，尽管不好意思，他还是给《最后一点钟》报写了一篇短讯，谴责那个外国佬的野蛮。文章立竿见影：丈夫的暴行给曝了光，在人们的嘲笑下，他有所收敛；挨了打的女人带着微笑，得意了几天；洪都拉斯街上了报，好像也有面子。借别人扬扬名，也会为名所累。

他念念不忘的是长存在别人的记忆里。当权威人士认为阿尔马富埃尔特、卢贡内斯和恩里克·班奇斯是阿根廷诗坛三巨头时，卡列戈在咖啡馆里主张把卢贡内斯拉下来，言外之意，他自己应该在三巨头之列。

他过的日子天天如此，很少变化。他在洪都拉斯街八十四号，现改为三千七百八十四号，一直住到去世为止。

星期日从赛马场回来，他总是到我们家里坐坐。我回顾他的生活规律，发现他把自己封闭在无聊的圈子里——早晨无聊地醒来，同哥儿们瞎混，在附近查尔卡斯和马拉比亚拐角处的杂货铺，在委内瑞拉街和秘鲁街拐角处的酒吧，大杯大杯的喝酸樱桃酒或橙子酒，在科尔塔达那家意大利餐馆就餐，同朋友们谈论古铁雷斯·纳赫拉和阿尔马富埃尔特的诗，晚上像小女孩似的红着脸去妓院，走过栅栏时折一枝忍冬花，夜里的习惯是做爱。这些都是共同行为，"共同"一词的基本概念是大家分享。我知道卡列戈经常做的那些事情缩短了他和我们之间的距离，在我们之间无限地重复，仿佛卡列戈分散在我们的命运里，仿佛我们每一个人有几秒钟暂时成了卡列戈。我相信确实如此，那些消灭了所谓时间流逝的暂时的同一性（绝非重复！）构成了永恒的证明。

从一本书推测作者的倾向似乎非常容易，特别是假如我们忘了作者写的不一定总是他喜欢的，而是他最得心应手的、人们指望他写的东西。阿根廷人的意识深处都有策马眺望广阔田野的景象，卡列戈当然也不例外。他肯定希望在那种景象里生活。尽管如此，其他的偶然景象（最初是家里的琐事，后来是冒险尝试，最后是亲昵）挡住了他的记忆：悠闲静谧的庭院、平时的玫瑰花、圣胡安节的小火、像狗似的在大街上打滚、炭窑的木栅、黢黑的炭堆、大量木柴、大杂院的铁门、玫瑰角的汉子。这一切都让人想起他。我希望卡列戈最后逛街的一个晚上能这样愉快而甘心地理解；我猜想在死亡面前人像是薄纱，死亡的逼近常常使他透出厌烦，彻悟，奇迹般的警惕和预见。

异端的弥撒

在探讨这本书之前，我想重申一下，任何作者对艺术的概念一开始都是纯物质的。对作者来说，书并不是一种表现或者一系列表现，而是按照字面意思解释的"卷册"，即由纸张组成的六面长方体，必须具备封面、护封、手写体字母的题词、斜体字母的前言、起首字母大写的九个或十个章节、内容目录、有沙漏图形和一句精辟的拉丁文的藏书票、简单扼要的勘误表、几张白页、小号字排印的版权页、出版者名称和出版日期：这些众所周知的内容构成了写作的艺术。某些文体家（一般是那些难以仿效的过去的文体家）还提供一篇编者序、一帧不太像本人的作者像、作者亲笔签名、变文考证、篇幅不小的评论、出版者推荐的其他书目、权威人士的名单和一些空白，这一切当然不是所有作者都能享受的待遇……把高级布纹纸同作者文风相混淆，把莎士比亚同出版商雅各布·帕塞相混淆，是无伤大雅的常有的情况，在修辞学家中间相当普遍。对于他们不正规的声学修养来说，诗歌是重音、韵脚、省略、二重元音和其他语音群体的展示窗。我列举第一次出版作品时所共有的典型现象，目的是突出我探讨的这本书的不寻常的优点。

然而，否认《异端的弥撒》是一部习作是可笑的。我不打算用"习作"一词来说明笨拙，而是想说明两种习惯：使用某些特定的词语——通常是辉煌和有气势的词语——从中得到的几乎是肉体的快感，和试图说明永恒事物的简单而迫切的决心。初出茅庐写诗的人都尝试说明夜晚、暴风雨、肉欲、月亮这些根本不需要说明的东西，因为它们早已有了名称，或者说早已有了共享的概念。卡列戈就犯了这两种毛病。

他也不免遭到作品模糊不清的指责。他的《最后阶段》之类的作品——或者不如说败笔——的难以理解的空话，同后来《市郊之歌》之类的佳作的精确性之间的距离是如此之大，以致既不能强调，也不能略而不谈。把那些鸡毛蒜皮的琐事同象征主义联系起来等于是佯装不知拉福格[1]和马拉美的意图。我们不必追溯得很远：那种放浪文风的著名的鼻祖就是鲁文·达里奥，他不惜从法语引进一些方便的韵律，靠《拉鲁斯小词典》万无一失地装点他的诗作，没有丝毫顾虑；对他来说，"泛神论"和"基督教"是同义词，想着"厌烦"时，写出了"涅槃"[2]。有趣的是，提出象征主义原因论的何塞·加夫列尔下定决心要在《异端的弥撒》里寻找象征，他在书中第三十六页让读者去解决那首题为《康乃馨》的十四行诗无法解决的问题："（卡列戈）本想说他试图吻一个女人，但她不肯，把手挡在两人嘴巴中间（这是经过十分痛苦的努力之后才知道的）；这么说不免有些平庸，缺乏诗意，于是他把嘴巴称作康乃馨和爱情信念的红色先导，把女方不从的动作称作用她高贵的手指的断头台处决了康乃馨。"

问题澄清后，再看看那首经过诠释的十四行诗：

---

1 Jules Laforgue（1860—1887），法国象征派诗人，生于乌拉圭蒙得维的亚，著有《怨歌集》、《月亮圣母的颂赞》、《善意之花》等，基调悲观，但真挚动人。
2 我保存了这些不够慎重的话作为教训。那时我认为卢贡内斯的诗胜过达里奥。我确实还认为克维多的诗胜过贡戈拉。——一九五四年博尔赫斯原注

暗示性的犹豫刚一出现，
你的庄重高贵受了伤害，
我大胆冒失的红色象征
不是你亲手培育的康乃馨。

也许因为有了一句挑惹的话语，
或者你的敏锐察觉了我的意图，
总之，你妩媚的宁静，
装出了蔑视的反抗。

你出于虚荣，不留情面，
高傲地贸然作出判决，
我爱情信念的红色先导。

由于它那冒失的象征，
便像是使徒或者强盗，
脑袋被你高贵的手指断掉。

康乃馨无疑是真正的康乃馨，小女孩喜欢把玩的普通花朵；象征主义（贡戈拉绮丽的风格）是西班牙语里诠释性的象征主义，这里指嘴唇。

无需讨论的是，《异端的弥撒》里有很大一部分让批评家们头痛。这位郊区诗人的无害的放纵应该如何解释呢？我认为这个冒昧的问题可以这么回答：埃瓦里斯托·卡列戈的原则也是郊区的原则，不是人们对他的评论的表面意义，而是郊区诗歌创作的实际意义。贫苦人喜欢贫乏的浮夸，但往往不把他们的喜爱延伸到现实主义的描述。这种意识不到的矛盾值得赞美：人们评论作家的真正受欢迎的程度时，只根据作家作品中他们所喜爱的部分。喜爱是由此及彼的：空话连篇、抽象言词的堆砌、多愁善感，是郊区诗歌的特征，除了高乔方言之外，它对任何地方方言都不加研究，和华金·卡斯特利亚诺斯以及阿尔马富埃尔特的诗歌关系密切，和探戈的歌词却不相干。这里让我回忆起街心公园和杂货铺；科连特斯街有郊区居民，但抽象的浮夸是他们大胆的特点，也是民间歌手吟唱的题材。现在简单地概括一下：《异端的弥撒》的极大部分篇幅不谈巴勒莫，但是巴勒莫可能为它提供了创意。且看这节张扬的诗：

　　　　合唱的赞美诗

　　　　在谱线上掀起狂暴的飓风，

　　　　雄壮的歌声

　　　　以起床号的欢快和强劲，

　　　　预示着它将像昂扬的诗句

　　　　贯穿全音域高傲的谵妄，

　　　　即将到来的胜利，

　　　　复仇的未来前驱；

　　　　无赖们执行尘世的使命

　　　　至关重要的时刻……

　　那就是说：赞美诗里的风暴必须包含像是起床号的歌声，而起床号又必须像诗，还预言作为歌声先驱的未来必须像带有诗意的起床号。原诗再引用下去便像一篇怨恨的宣言了：我只消说，被十一音节搞得晕头转向的民间歌手唱的叙事诗超出了两百行，每节都不缺风暴、旗帜、秃鹰、血污的绷带和追剿。这些十行诗的激情带有很大偶然性，除去不愉快的回忆后，我们就可以把它们看做具有传记性质，非常适合用吉他伴奏吟唱：

但愿你要听的这首诗

像是遗落在忘乡的回忆

所派遣的使者

去到你身边……

把它最隐秘的痛苦

向你悄悄诉说，

也许由于心头往事起伏，

夜晚辗转难以入眠，

请你看看诗人的诗篇，

哪怕只浏览一遍。

我？……遥远梦境的激情

始终陪伴着我的生活，

我把它珍藏在心头，

仿佛旧时的誓愿。

我无法排遣苦恼，

但我知道一旦摆脱了

那个梦境的禁锢，

我将垂下疲惫的头

在最后的枕头上

做最后的一个梦！

现在我重新审视《郊区的灵魂》所收的现实主义的诗篇，我们终于能听到不太幸运的部分所没有的卡列戈的声音。我按次序审视，有意略去两篇：《村庄》（有安达卢西亚风情、极其平庸的石印彩色画）和《硬汉》，等到最后再详细探讨。

第一部分，"郊区的灵魂"谈的是街角上的傍晚。它描写人们聚在街上，把大街当成庭院，自得其乐地享受着留给穷人们的最基本的东西：纸牌戏法、人际来往、手风琴弹奏的哈巴涅拉和外国舞曲、海阔天空的闲聊、没完没了的瞎争论、肉欲和死亡的话题。埃瓦里斯托·卡列戈没有忘掉探戈，人们在人行道上胡乱地扭动身体，仿佛刚从胡宁街的妓院里出来，像格斗练习一样，只是男人们的乐趣[1]：

> 街头围观的人们
>
> 啧啧称羡，起哄喝彩，
>
> 因为两个人随着莫罗查的节拍
>
> 敏捷地在跳探戈舞步。

接着是一首题为《小老太婆》的著名得奇怪的诗，一发表就引起了注意，因为它的现实意义在现在看来虽然并不突出，却是同时期的叙事诗无法比拟的。勤于赞美的评论往往承担了预言的风险。对《小老太婆》的好评正是后来《硬汉》当之无愧的评论；一八六二年对阿斯卡苏比的《拉弗洛尔的

1　关于探戈已有详尽的论述：作者是维森特·罗西，书名是《黑人的事情》（一九二六年），笔力遒劲，已经成为阿根廷文学中当之无愧的经典著作。罗西认为探戈原是蒙得维的亚的黑人舞蹈，德尔巴霍认为起源不详。劳伦蒂诺·梅希亚斯（《警察内幕》第二卷，一九一三年，巴塞罗那）认为探戈是布宜诺斯艾利斯的黑人舞蹈，起源于康塞普西翁和蒙塞拉特的令人厌烦的坎东贝舞，后来掺杂了洛雷亚、小河口和索利斯的舞蹈。坦普尔街的妓院里也跳探戈，用褥子蒙住风琴，降低音响，参加者把身上的武器藏在附近的垃圾堆里，以免警察突击搜查发生麻烦。——原注

孪生兄弟》的评论也是对《马丁·菲耶罗》的认真的预言。

《柜台后面》是放纵无度的酒鬼们和一个凛然不可侵犯的美貌女人之间的对照，

> 在柜台后面，仿佛一尊塑像。

她那冷漠的模样更使他们欲火中烧：

> 她身不由己，也不觉得痛苦，
> 就这样浑浑噩噩地生活。

一个看不到前途的灵魂的昏暗的悲剧。

后面的一首《挽和》是《硬汉》的对照。它义愤填膺地谴责了我们现实生活中最丑恶的现象：在家里称王称霸的好汉、遭到毒打的欲哭无泪的妇女和以欺侮女人为荣的无赖：

> 他累了，停止了殴打，
> 不再重复每天野蛮的凌辱。

待会儿同哥儿们鬼混时，

又有沾沾自喜可以吹嘘的话题。

后面一首《在市郊》的主题是永恒的吉他伴奏和歌词，不是约定俗成的习惯，而是真正爱情的表示。重新启用象征的插曲比较隐晦，但十分有力。在泥地或者红砖铺地的庭院里，米隆加舞曲发出炽烈急切的呼唤：

那姑娘无动于衷地听着，

鄙夷地不愿走出房间。

吉他手抑郁的脸上

有几条紫黑发亮的伤疤，

他生着闷气，只想找人打架，

黑眼睛里闪出匕首的寒光。

他的怒火针对的不是另一个人，

——那家伙不论强悍或者窝囊，

三拳两脚就可以打发，

早已被他抛在脑后不加理会。

出于愤激和傲慢，

他真想堵住所有的闲话。

他要轰轰烈烈大干一场。

让地方上谈个三四天！

最后第二节颇有戏剧性；仿佛是那个吃了亏的人自己的话。末行也是别有用意的，让地方上对已经不多见的轰动杀人事件关注几天。

然后是《编造的剩余》，令人同情地告知了一件伤心事，其中最重要的也许是把疾病当作缺点和过错的直觉的说法。

他又咳嗽了。小弟弟

有时在房间里自顾自玩耍，

也不同他说话，

忽然一本正经，似乎想起什么。

然后突然站了起来，

离去时喃喃自言自语，

有点伤心，更多的是厌恶：

——那家伙又咯血了。

我认为最后第二节的动人之处在于那残酷的情况：也不同他说话。

后面的题为《抱怨》的那首诗烦人地预示了探戈舞曲的不知多少的烦人的歌词，叙述了一个妓女的辉煌、耗损、衰败和最终无人问津的过程。主题可以追溯到贺拉斯——吕底亚[1]，第一个古老的断代王朝，像马驹的母亲那样孤单得不能自制，她那门前冷落的房间，门槛落叶未扫——经过埃瓦里斯托·卡列戈，直到康图西。卡列戈的南美式的"妓女历程"由于肺痨而结束，在诗集中不是特别重要。

再后面的一首《吉他》罗列了一些稀里糊涂的形象，叫人摸不着头脑，简直不像出自《在市郊》的作者之手，似乎

---

1 小亚细亚古国，对希腊文明有深远影响，后纳入罗马帝国版图。

忽视或者无视吉他导致的富有诗情的情景：回荡街头的乐声，偶然联系起来的、使我们伤感的回忆，逐渐加深、达到顶点的友情。我见到两个用吉他弹奏一支加托舞曲的人，十分默契，仿佛是他们心灵交融的欢快的声音。

最后一首题为《市郊的狗》，是阿尔马富埃尔特无声的反照，但表达了一个事实，贫困杂乱的郊区总是有许多狗，为郊区居民站岗放哨，观察他们五光十色的生活。卡列戈描述这些胡作非为的野狗时所用的寓意手法不很恰当，但表现了它们火热的生活和成群结队觅食的情况。我想引用：

　　　　它们在倒映月亮的池塘饮水，

以及另一句：

　　　　像驱邪似的朝捕犬车狂吠，

它唤起我一个鲜明的回忆：捕捉野狗的车子来到时的混乱场面，先是痛苦的吠叫，然后是一群骚动的穷孩子，用吆喝和石块驱赶另一群骚动的狗，以免它们被套走。

我还要谈谈《硬汉》，这首激动人心的诗前面有一段文字，献给那个阿尔西纳选区的硬汉，"圣"胡安·莫雷拉。它是一篇热情的介绍[1]，妙在旁敲侧击地强调：

　　他逐渐赢得了勇敢的名声。

说明渴望那种名声的人很多，还妙在暗示了性能力：

　　手握匕首的女人的遐想。

《硬汉》没有涉及某些重要的情况。硬汉并不是拦路贼，不是流氓无赖，也不一定是讨厌的家伙；卡列戈把他定义为"崇拜勇敢者"。在最好的情况下，他是个冷静的人；在最坏的情况下，是个专业捣乱者、得寸进尺的恐吓专家、不打而赢的老手；永远比不上目前那种意大利式的"恶行崇拜者"，

1　遗憾的是，末尾几行诗莫名其妙地提到了看热闹的人。——原注

由于当不上大流氓而苦恼的混混儿。嗜好冒险，工于心计，一出头就能镇住对方：这就是硬汉，丝毫没有怯懦的影子。（如果社会上认为勇敢是第一美德，大家就群起仿效，正如姑娘们仿效美，出书的人仿效独创性一样；但是那种假装出来的勇敢要有一个学习阶段。）

我想起旧时的硬汉，那种布宜诺斯艾利斯人比卡列戈的更为流行的神话（加夫列尔，五十七）更吸引我，使我更感兴趣。他们的职业是车夫、驯马人或屠夫；他们成长的地方是城里任何一个区域，特别是南区智利街、加拉伊、巴尔卡塞、查卡布科一带，北区火地岛街、拉斯埃拉斯、阿雷纳斯、普埃伦东、上校街一带，以及九月十一日广场、大炮台、旧牲口圈一带[1]。硬汉并不总是叛逆：选举委员会收买了他们的

---

1 他们的姓名？承蒙何塞·奥拉韦博士主动提供下列名单作了详细说明。那是上一世纪最后二十年的情况。足以让人对那些在尘土飞扬的郊区像仙人掌似的艰苦顽强的好勇斗狠的混血儿有个大致印象。
索科洛区
阿韦利诺·加莱亚诺（省警备团）。阿莱霍·阿尔沃诺斯（在圣菲街斗殴时丧生）。皮奥·卡斯特罗。
爱占小便宜的人，偶尔斗殴：托马斯·梅德兰诺。曼努埃尔·弗洛雷斯。

（转下页）

霸气和刀术，给他们以保护。警察对他们另眼相看：骚乱时硬汉不会被当场抓走，而是由他们自己保证随后会主动前去报到，绝对履行诺言。有了委员会的影响，这种做法从不引起担心。硬汉尽管令人畏惧，却不打算背叛自己的身份；他的坐骑配备了漂亮的银制马具，在斗鸡场和牌局上花的一些比索足以让他星期天风光一番。他可能不健壮：拉普里梅拉街的矮子弗洛雷斯其貌不扬，玩起刀子来却惊心动魄。他可能不惹是生非，有名的硬汉胡安·穆拉尼亚是台顺从的打斗

皮拉尔老区

胡安·穆拉尼亚。罗穆阿尔多·苏亚雷斯，绰号"智利佬"。托马斯·雷亚尔。弗洛伦蒂诺·罗德里克斯。胡安·廷克（父母是英国人，后当上阿韦利亚内达警察督察）。雷蒙多·雷诺瓦莱斯（屠夫）。

爱占小便宜的人，偶尔斗殴：胡安·里奥斯。达马亚奥·苏亚雷斯，绰号"胖子"。

贝尔格拉诺区

阿塔纳西奥·佩拉尔塔（打群架时丧命）。胡安·冈萨雷斯。欧洛西奥·穆拉尼亚，绰号"乌鸦"。

爱占小便宜的人：何塞·迪亚斯。胡斯托·冈萨雷斯，他们从不打群架，总是单独用匕首厮杀。

英国人对匕首的蔑视变得十分普遍，我不由得想起当地的看法：本地白人认为男人之间有死亡危险的斗殴才是真玩意儿。动拳头只是动刀子的前奏，只是挑衅。——原注

47

机器，除了出手又准又狠、天不怕地不怕之外，没有什么与众不同。他自己不知道该在什么时候出手，只用顺从的眼光征求轮值主子的准许。一交上手，他一心置人于死地，斩尽杀绝，不留后患。他谈起坏在他手里的性命时，既不担心，也不得意——不如说，命运是借他之手行事的，因为有些事情带有无限责任（生育或杀死一个人），为之自负或者内疚是不明智的。他经历丰富，死时记不清有多少人死在他手下。

市 郊 之 歌

　　一九一二年。塞维尼奥街的许多大院和马尔多纳多河畔
的苇塘和空地——那一带镀锌铁皮顶的棚子冠以各种各样的
"舞厅"名称，探戈舞曲乐声飘扬，每跳一支舞花十分钱，包
括舞伴——仍保留着不少郊区景色和某个已载入历史的人的
音容笑貌，清早可能发现一个哥儿们倒毙在街上，肚子上插着
一把匕首；但一般说来，巴勒莫按照上帝的安排生活，同任何
一个外国人和土生白人聚居的街区那样，不幸福地凑合度日。
庆祝独立一百周年时，满街挂着天蓝色的国旗，金蛇狂舞的爆
竹焰火和张挂的彩灯把五月广场的天空映成了暗红色，那一
年哈雷彗星也来凑趣，手风琴演奏的"独立"探戈舞曲为那
气体和火的天使歌颂，这一切都已过去。如今体操比死亡更

有趣：孩子们不舞弄竹剑木枪而改踢足球了，他们偷懒，把英语的"富特波尔"（足球）念成"富波"。巴勒莫奋起直追，一头扎进愚蠢："新艺术"的丑陋建筑物即使在泥泞地上也像扬扬得意的花朵似的开了出来。嘈杂的市声也与前不同：自行车的铃声，平板车沉重的回响和磨刀人的哨子声混成一片。除了一些小巷之外，所有的街道都铺了石块。人口翻了一番：一九〇四年普查表明，拉斯埃拉斯和圣贝尼托的巴勒莫选区有八万人，一九一四年升至十八万。有轨电车在街角吱嘎作响。在人们心目中，卡塔内奥取代了莫雷拉的头头位置……《市郊之歌》写的正是这个啜着马黛茶、在进步的巴勒莫。

卡列戈在一九〇八年出版了《郊区的灵魂》，一九一二年遗留下《市郊之歌》的手稿。第二个集子在限定性和真实性方面胜过第一个集子。《市郊之歌》的意图比《郊区的灵魂》清晰；《郊区的灵魂》的标题拟定比较谨慎，仿佛一个怕赶不上末班车的大惊小怪的人。谁都没有告诉我们"我住在某某郊区"；大家都喜欢告知住在哪一个具体的郊区。在彼达区提到"郊区"时的亲密、殷勤和套近乎的程度不亚于在萨韦德拉区。加以区别是适宜的：用远处的语言来阐明这个共和国的事物的习惯，起源于查找我们不文明状况的倾向。人们提起乡下人时总会联系到潘帕斯草原；提起哥儿们时总会联系到牧场。举例说，巴斯克记者 J.M. 萨拉韦里亚写的《潘帕斯的诗歌、马丁·菲耶罗和西班牙本地主义》那本书，从书名开始就错了。"西班牙本地主义"一词不合逻辑，故弄玄虚（在逻辑上叫附加词矛盾）；"潘帕斯的诗歌"是另一个不太高明的差错。按照阿斯卡苏比的说法，在旧时乡下人的心目中，潘帕斯是印第安人出没的沙漠[1]。只要翻阅一下《马丁·菲耶罗》就能知道，叙事诗写的不是潘帕斯草原，而是遭到以牧场为中心的牧人文化排斥的、流放到潘帕斯草原的人。无所畏惧的菲耶罗由于孤寂，也就是说由于潘帕斯草原生活而感到痛苦。

> 黄昏的那个时辰，
> 鸟儿已经入眠，
> 世界仿佛进入
> 深沉的阒静，

---

1 如今纯粹是一个文学术语。——原注

他怀着忧伤的心情

走向针矛丛生的地方。

他幕天席地，孑然一身，

整宿整宿在草原上驰骋，

仰望寥廓天空，

上帝创造的星辰，

除了他的罪行和野兽，

没有任何伴侣。

下面的诗行是故事中最动人的部分：

克鲁斯和菲耶罗，

偷偷把马群驱赶。

像土生白人般老练，

让牲口走在前面，

很快就过了边境，

神不知鬼也未见。

两人刚跨过边境，

已是明亮的清晨，

克鲁斯提醒朋友

看一眼身后的村庄，

就只见两行热泪

在朋友脸上滚落。

　　另一位萨拉韦里亚式的人物——我不提他的姓名了，因为他的其他作品使我钦佩——谈到"潘帕斯草原的吟唱诗人，在商陆树荫下，在沙漠的无限寂静中，用西班牙式吉他伴奏，吟唱着《马丁·菲耶罗》的单调的十行诗"；作者虽然大谈其单调、十行诗、无限、西班牙式、寂静、沙漠和伴奏，却没有注意《马丁·菲耶罗》里并没有十行诗。查找我们不文明根源的倾向十分普遍：桑托斯·维加[1]（他的全部传说在于有一个关于桑托斯·维加的传说，莱曼－尼采的四百页专题

1　Santos Vega，阿根廷传说中十九世纪中叶的吟唱诗人，据说他弹奏吉他的技术出神入化，只有魔鬼才能同他一比高低。米特雷、阿斯卡苏比和奥夫利加多的诗歌，以及爱德华多·古铁雷斯的一部小说都从他吟唱的诗歌里得到启发。

著作足以证明）创作或留下了下面的民谣："假如这头牛使我丧命——不必按规矩将我埋葬；——把我掩埋在绿色的田野——任凭牛群将我践踏。"它的再明显不过的意思（"假如我没有一副好身手，我无颜葬在墓地"）是一个愿意让牛群践踏自己的尸体的泛神论者的自白。[1]

---

1 让乡下人在沙漠永远流浪虽然浪漫，但不合逻辑，正如我们最好的散文家维森特·罗西断言高乔人是"流浪的恰卢亚武士"一样，只是断言那些冷漠的恰卢亚人被称作高乔人而已；无非是词语的搀混，不说明什么问题。里卡多·吉拉尔德斯描写流浪的乡下人时，以赶牲口的人作为典型。格鲁萨克在一八九三年的一次讲演中说，逃亡的高乔人"深入潘帕斯草原南方最远处"，但众所周知，南方最远处没有高乔人，因为以前从未有过，有高乔人的地方是保持土生白人习俗的区域。区别高乔人的特点不在于种族（高乔可以是白人、黑人、土著、黑白混血儿、黑人和印第安人的混血儿），不在于语言（里奥格朗德的高乔人讲巴西葡萄牙语），也不在于地理（布宜诺斯艾利斯、恩特雷里奥斯、科尔多瓦和圣菲的广大地区如今都有），而在于他们原始的放牧方式。

哥儿们的居住地点也有歪曲。一百多年来，穷苦的布宜诺斯艾利斯人被称作哥儿们，市中心附近不是他们能住的地方，因此他们也被称作为郊区居民。他们一般住在图库曼街或智利街或当时的贝拉诺德街外面，有一小块地皮和自己的住房。后来关联的含意取代了主要的概念：阿斯卡苏比在第十二期的《雄鸡》里写道："哥儿们：指单身汉、跳舞人、情人和歌手。"侨居阿根廷的西班牙语言学家蒙纳尔·桑斯把他们和"爱充好汉、说大话、吹牛皮的人"等同起来，他问道："为什么哥儿们一词在这里总是有贬义呢？"随即又为他们开脱说："要知道，他们只是爱开玩笑，并无恶意。"塞戈维亚为他们下的定义带有侮辱性："喜欢吹嘘的、虚伪的、爱挑衅的、两面三刀的人。"其实不然。另一些人错误地把"邋遢人"和"哥儿们"混淆起来，正如乡下人不一定邋遢那样，哥儿们也不一定邋遢。哥儿们一般是相当文雅的平民百姓；别的品性是卖弄勇敢、爱说风趣话、故作惊人。至于服饰，一般符合时尚，（转下页）

郊区还有浮躁激动的毛病。郊区居民和探戈舞曲足以代表。我在前一章里写了科连特斯街的住户就是郊区居民，还写了留声机和无线电广播的热情洋溢的"坎塔克拉罗"把演员的行话引进了阿韦利亚内达或者科格伦。它不容易教会：用所谓大众语言编的每一支新的探戈曲都是一个谜，都有令人困惑的变体、必然的结论、晦涩的地方和评论家莫衷一是的道理。晦涩是合乎逻辑的：人民大众不需要添加地方色彩；模仿者却认为有此需要，但具体操作时就失控了。拿音乐来说，探戈并不是郊区的乡音，只是妓院里的玩意儿罢了。真正有代表性的是米隆加。米隆加的常见形式是用强烈的吉他节奏陪伴的无休无止的问候，礼数周全、空话连篇的准备阶段。有时它不慌不忙地叙述血腥的事情，很久以前的决斗，一言不合就拔刀而导致的死亡；有时似乎又涉及命运的主题。旋律和情节经常改变；不变的是歌手的音调，它介于说唱之

（接上页）添加一些突出的细节：一八九〇年前后，他们喜欢戴高礼帽，穿双排纽扣的上衣，法国式条纹裤子，用纽扣或者松紧带的高跟黑皮靴；如今（一九二九年）喜欢灰色礼帽、大围巾、浅红或深红色的衬衫、敞襟上衣、直筒裤子、锃亮的黑皮靴，浅色靴筒。

我们城市里的哥儿们正像是英国的"伦敦佬"。——原注

间，从不大喊大叫，但拖长的高音使性急的人有点不耐烦。探戈处于时间之中，处于时间的蔑视和磨难之中；米隆加的激励则是终古常新的。米隆加是布宜诺斯艾利斯了不起的说唱形式；特鲁科是另一种。我在另一章中将专门探讨特鲁科，现在只消说，在穷苦人中间，正如马丁·菲耶罗的长子在监狱里所理解的那样，"人是他人的欢乐"[1]。周年纪念、忌辰、圣徒日、洗礼仪式、圣胡安夜、卧病时、除夕夜，都是人们相见的机会。死了人要守灵：吊唁时谁都可以上门，从不会遭到拒绝，见了面就寒暄聊天。穷苦人这种伤感的喜欢交际的脾性如此明显，以致埃瓦里斯托·费德里科·卡列戈博士描写那种无拘无束的接待时，嘲笑说它们同守灵的情况十分相似。郊区有臭水沟和小巷子，但也有漆成天蓝色的栏杆，披垂的忍冬花和笼里的金丝雀。"殷勤的人们"，街坊上的妇女们常说。

卡列戈写的是爱交谈的穷苦人。他们的贫穷不是欧洲穷

---

1 在马丁·菲耶罗的儿子之前，奥丁神说过同样的话。北欧《前埃达》（哈瓦马尔，第四十七页）记载奥丁说：Mathr er mannz gaman，翻译出来就是"人是他人的欢乐"。——原注

人的无望或者与生俱来的贫穷（至少不是俄罗斯自然主义小说里描写的欧洲人），而是那些把希望寄托在彩票、选举委员会、势力的影响、自有奥妙的纸牌戏、赢钱可能性微乎其微的体育赌博、有权人提携的人的贫穷，假如没有更具体和卑鄙的理由，便是那些把希望寄托在空想的人的贫穷。从帮派等级得到安慰的贫穷——北圣克里斯托巴尔的鲁纳帮，巴尔瓦内拉的雷克纳帮——那些帮派喜欢把事情搞得很神秘，他们中间自尊心极强的何塞·阿尔瓦雷斯给了我们深刻印象："我生在马伊普街，知道吗？……是加西亚家的，我一向同人，不同垃圾打交道……好吧！假如你不知道，就听听清楚……我在慈悲圣母教堂受的洗礼，我的教父是意大利人，是我家旁边一个店铺的老板，害热病死的……你自己掂量掂量吧！"

我认为《市郊之歌》的主要缺点在于过分强调了萧伯纳所说的"人皆有一死或不幸"（《人与超人》，第三十二页）。《市郊》的篇章披露了不幸；具有作者和读者都不理解的粗暴命运的严重性。不幸的命运让作者和读者惊骇，命运引导我们去思索它的根源。相信神秘直觉的诺斯替教派假设了一个衰老或精力耗尽的神道，用不利的材料临时拼凑起这个世界，直截了当地解决了这个难题。布莱克的反应就是如此。他在诗中向虎发问："你是不是创造羔羊的上帝所创造？"那些诗篇的对象也不是熬过劫难，虽然遭到伤害——并且伤害过别人——仍保持灵魂的纯洁。那种禁欲主义的反应也见诸埃尔南德斯、阿尔马富埃尔特、萧伯纳和克维多。

> 坚强的灵魂痛苦地反省，
>
> 大量工作繁重而艰辛，
>
> 但压不垮高傲的脖颈。

这几行诗见于克维多的《卡斯蒂利亚的缪斯》第二卷。不幸的完美、精确、命运弄人时给人的启发、灾难的激励，命运分散卡列戈的注意。莎士比亚的反应是这样的：

> 古怪和可怕的事件一概欢迎，
>
> 但是我们蔑视舒适：我们的悲哀
>
> 同我们事业的规模相适应，
>
> 大得像是造成悲哀的原因。

卡列戈只希望我们给予同情。

这里难免会有些争论。一般人无论在言谈或者文章中都认为卡列戈作品的优点在于能引起怜悯。我却有不同的意见，尽管没有人附和。我认为在日常不如意的小事和琐碎的烦恼里纠缠不休、揣想或者记载一些小矛盾的诗歌，让读者悲叹的诗歌，是缺憾，是自杀。情节只是一些无足轻重的苦恼和受到伤害的感情，风格只是婆婆妈妈的闲言碎语，还夹杂着大量感叹词、赞扬、虚伪的怜悯和患得患失的心情。一位有失公正的评论家（恕我不指名道姓）认为把这些不幸展示出来意味着宽大的胸怀。其实不如说意味着粗俗。《薄翅螳螂》、《小宝宝病了》或者《要好好照顾她，妹妹》之类的作品——经常收进疏忽的选集或者朗诵会——不能算是文艺，只能算是过错：它们是故意讹诈，赚取同情，可以归纳成下面的公式："我把受苦的情形摆在你面前；你若不感动，便表明全无心肝。"下面是一首诗的结尾部分：

……这几天来，

邻居的女人显得多么忧伤！

她是不是有什么新的想法？

细雨绵绵多愁的秋天，

今年你将把什么留在家里？

你将带走什么落叶？

你的悄悄来到使我们害怕。

是啊，天色暗了，

宁静的家里，我们感觉到你，

不声不响地进来……

我们的独身姑妈！

　　末尾突然冒出来的、强调秋天气氛的"独身的姑妈"足以表明这些诗的慈悲胸怀。人道主义永远是不近人情的：有一部俄罗斯电影通过一匹老马被枪击后垂死挣扎的镜头证实战争的不公平；当然，那是电影导演安排的枪击。

　　我之所以作出限制，目的是加强卡列戈的声誉，证明他并不需要那些无病呻吟的诗篇的援助，现在我高兴地指出他遗作的真正优点在于柔情的精炼、创新和若隐若现，试看：

他们不在的时候，

空荡荡的屋子里

似乎还能听到他们亲切的声音，

这种情形能持续多久？

他们的面貌

我们再也看不到，

在记忆里会是什么模样？

或者是和一条街道的对话，内心里天真地把它占为己有：

我们对你十分熟悉，

仿佛你是只属于我们的东西。

或者是一口气说出的长句：

不，我对你说不。我知道自己要说什么：

我们永远不会再有情人，

岁月将流逝，

但是我们再也不会爱别人。

你会看到的。你曾对我们说

（当时你也许由于孤单而伤心），

你死了以后，

我们不会想你。这话说得多么傻！

是啊。岁月将流逝，

但是你时时刻刻和我们在一起，

永远是个美好的回忆。

和我们一起……因为你的可爱

谁都不能相比。

我们说迟了，可不是吗？

如今已迟了一点，因为你听不到了。

像你一样的姑娘实在太少。

别害怕，我们会记住你的，

只记住你一个人：

我们再也不会爱别人，

再也不会，再也不会。

这里的重复方式和恩里克·班奇斯的《游隼的铃铛》（一九〇九年）里的《结结巴巴》相似，逐行对比不知要好出多少（"永远无法对你说清——我们对你的爱：我们对你的爱——仿佛是数不清的星星……"），然而显得虚伪，埃瓦里斯托·卡列戈却显得真诚。

卡列戈一首题为《你回来了》的绝妙的诗也收在《市郊之歌》里。

你回来了，手摇风琴。人行道上，

升起欢笑。你和以前一样，

声音哀怨疲惫。

那个盲人在等你，

晚上多半坐在门口。

不声不响地静听。

他默默地想起

遥远事物的模糊记忆，

那时他的眼睛还能看到早晨，

他的情人还年轻……谁说得清？

这一节的鼓舞人心的诗句不是末行，而是末行的前一行，我认为埃瓦里斯托·卡列戈如此安排是避免强调。他早期的作品之一，《郊区的灵魂》，也用过同样的主题，把旧的结局（通过独特的观察作出的现实主义画面）同最后清晰的欢会加以对比是很有意思的，卡列戈在那里集中了他喜爱的象征：失足的女裁缝、手摇风琴、房屋拆迁的街角、盲人、月亮。

> ……疲惫地穿过街道的手摇风琴
>
> 同去年一样
>
> 反复奏着熟悉的旋律，
>
> 在冬天的月光下呻吟：
>
> 伫立街角瓮声瓮气唱出
>
> 那支永恒的天真的乐曲，
>
> 也许就是我们的邻居，
>
> 那个失足的女裁缝喜欢的乐曲。
>
> 然后你在华尔兹舞曲中离去，
>
> 仿佛穿过岑寂街道的忧伤，
>
> 有人倚在门口

仰望着月亮。

……昨晚你走后,

整个郊区又归于阒静

——多么凄凉——

盲人的眼里流出泪水。

　　柔情是漫漫岁月的光环。在第二个集子里发挥了作用,在第一个集子里没有受到怀疑而且是可信的时间的另一优点是得体的幽默。幽默包含着体贴别人,从不以别人的弱点为乐,同朋友交往时,这是不可或缺的品质。它是与爱同在的:十八世纪的作家索姆·杰宁斯[1]认为心地善良的人和天使的幸福有一部分来自对可笑的事物的高雅的感知。

　　我引用这些诗句作为宁静幽默的例子:

住在街角上的寡妇吗?

寡妇前天死啦。

_____

1　Soame Jenyns (1704—1787),英国诗人,曾撰文主张北美英属殖民地不向英帝国纳税。

65

那个占卜的女人说得好，

上帝一旦作出决定，

人就无可奈何了。

　　他的风趣的手法有二：第一，他借占卜女人之口说出，对不可知的天意不能妄加猜测；第二，敬畏上帝的邻居聪明地引用那句话。

　　卡列戈留下的最刻意营造幽默的诗篇是《婚礼》。这首诗也最富于布宜诺斯艾利斯地方色彩。《在市郊》可以说是恩特雷里奥斯式的卖弄；《归来》只写了短暂的瞬间、一个傍晚。《婚礼》展示了布宜诺斯艾利斯最本质的东西，有如伊拉里奥·阿斯卡苏比的谢利托舞曲，土生白人的喜庆场合，马塞多尼奥·费尔南德斯的诙谐曲，格雷科、阿罗拉斯、萨沃里多的探戈舞曲的欢乐的冲动。它极其巧妙地表现了穷苦人欢会的必有的诸多特点。当然也不乏街坊上放肆的怨气：

　　对面人行道上，爱说闲话的女人

关注着发生的事情，

絮絮叨叨地说，要看热闹

还不如待在家里好。

囚犯显得一副蠢相，

妇女们远远避开他的脸，

希望那句脏话

不要让小女孩听到。

尽管什么都可能发生——确实如此，

后果很是不妙，一个居心叵测的女人

为某些不幸的妇女

难以理解的命运感到伤心。

这并不是第一次……让她奇怪的是

他竟成了这副傻相……今年一月份，

假如她没有记错的话，

还同屠夫的儿子说过话。

事先遭到伤害的自尊，几乎绝望的体面：

　　新娘的大伯认为责无旁贷，

　　必须注意舞会是不是正派，

　　他悻悻说跳舞时不准扭摆，

　　即使开开玩笑也万万不可。

　　——且不谈检点，可以肯定的是，

　　那些小伙子中间没有一个同她般配。

　　家里虽然很穷，谁都不会否认：

　　但是不管怎么说，为人正派。——

和谈得拢的人诉诉烦恼：

　　坐着不跳舞也会惹起

　　严重的麻烦，什么都可能发生：

　　一次轻蔑的拒绝

　　往往造成无法挽回的不快。

这时吉他手的表妹

生气地站了起来，

别有用心的伙伴的粗鄙

使她很不痛快。

使人难堪的坦率：

餐厅里本来可以随意喝酒，

现在却不能像往常那样畅怀，

几乎让新郎伤心……其实这也不错，

家里人央求他千万不要过量。

全家的朋友，硬汉，起着绥靖作用：

为了防止闹事，把宾客吓跑，

硬汉朋友立下了规矩，

喝得醉醺醺的、想找茬的人，

不再给他们上酒，只给汽水。

他知道会有人起哄，

随即宣布，哪个胆敢反对，

就准备挨他几刀，

他即使再坐牢也无所谓。

这个集子里还有一些传世之作：《守灵》重复了《婚礼》里的技巧；《老宅的雨》描写了雨天带来的喜悦，细雨蒙蒙，像烟雾似的弥漫空中，每家都有小堡垒的感觉；《内心深处》则是一系列自传式的十四行诗。这些诗是命运的记录：淡泊平静，然而那种无奈和逆来顺受的心态却是经过痛苦之后才得到的。我想抄录其中一句，清晰而奇妙：

当时你还是月亮的表妹。

以及这首足以说明问题的不谨慎的自白：

昨夜，吃完了晚饭，

我品着苦味的咖啡，

久久地陷入沉思：
灵魂从未有过这种宁静。

我清楚地知道
事物不可能完全美好，
但是或许由于惰性，
我从不埋怨待我不厚的命运……

出于少有的品性，
即使在最烦人的时候，
我也不对命运扮苦脸。

任何人都无权要求我
在任何时候愁眉苦脸。
我心中可以埋藏许多东西！

最后要说些题外话，但读者马上就会发现这些话离题并不太远。埃斯塔尼斯劳·德尔坎波的《喜庆》呈现的黎明、潘帕斯草原、黄昏的形象固然很美，但有失望和不快的缺点：前面提到的舞台背景使它逊色不少。郊区的不真实性相当明显：原因在于它的临时性，在于有庄园牧场的草原以及市镇街道的双重压力，在于人们自认为要就是乡下要就是城里人而从没有郊区人的概念。卡列戈在这些模糊不清的材料里却能应付裕如。

可能的总结

卡列戈，具有恩特雷里奥斯传统的年轻人，在布宜诺斯艾利斯北部郊区成长，决定致力于创作描写郊区的诗歌。一九〇八年，他出版了一个洒脱不拘的集子《异端的弥撒》，其中收了十篇刻意追求地方色彩的作品和二十七篇参差不齐的诗作：有些带有悲剧风格（例如《狼》），另一些感情细腻（例如《你的秘密》、《静默》），但总的说来，不很突出。引人注意的是那些有关郊区的篇章。它们再现了郊区勇敢的自我评价，理所当然地受到喜爱。《郊区的灵魂》、《硬汉》、《在市郊》是另一种创作方式的典型。卡列戈以那类主题见长，但想打动读者的愿望把他引向令人心酸的社会主义美学，不知不觉陷入荒谬，很久以后，有关伯多[1]的诗作也如出一辙。

第二种方式使别的方式都黯然失色，其中具有典型意义的是《要好好照顾她，妹妹》、《街坊的话》、《薄翅螳螂》等。此后，卡列戈尝试了带有幽默新意的叙述方式：对于一位布宜诺斯艾利斯诗人来说，这是不可缺少的。最后也是最好的方式的典型有《婚礼》、《守灵》、《市郊入睡的时候》等。与此同时，他也吐露了一些内心秘密：诸如《忧郁》、《你的秘密》、《点心》等。

　　卡列戈的前景会是什么样的呢？后人自会作出不可改变的判断，对他加以评说，但是我认为有些事实是无可争辩的。我认为他的某些篇章，例如《婚礼》、《你回来了》、《郊区的灵魂》、《在市郊》，足以感动好几代阿根廷人。我认为他是观察我们贫困郊区的第一人，在阿根廷诗歌史上，这是最重要的。他是第一人，也就是说，是发现者、创新者。

　　我和任何人一样，确实爱那个人，甚至可以说有点崇拜他。

1　布宜诺斯艾利斯街区名。

补　　篇

一、第二章

埃瓦里斯托·卡列戈发表在侦探杂志《埃尔西》（一九一二年九月二十六日，星期四）用下层社会切口写的一组十行诗，笔名"矿工"。

　　哥儿们：好久没有给你写信，

　　请多原谅……我恼火极了！

　　一件窝心的事，

　　让我烦乱不安，

　　再这么下去，

准会要我性命；

我本来就多灾多难，

近来更是晦气透顶：

今天那婆娘甩了我，

去跟上了那个家伙！

是啊，老兄，我对你说：

那个家伙多么猥琐！

寒碜、邋遢，却自鸣得意，

他不够朋友，不仁不义。

一想到他们对我不起，

我就恨之入骨！

那个在女人裙下讨生活的人

低贱下流，一文不值，

至于她，我万万没有料到

竟会将我背叛。

姜是老的辣！

我要狠狠教训他们。
万事总有先来后到,
哪能平分秋色!
现在说什么都已多余,
无论如何,覆水难收,
不能让他们舒服,
要给他们看看颜色。
该出手时就得出手:
一出手便不计后果!

再说,我活了这把年纪,
竟会碰到这种事情!
那婆娘给我添了不少麻烦,
我实在咽不下这口气。
其实说来也够伤心
——有些话不吐不快——
我戎马一生,
作出许多牺牲,

好不容易赢得一点名声，

到头来被人当作傻瓜。

好吧：你说这封信

牢骚满纸，怨气冲天？

只能怪那个家伙，

给我心里添堵。

只要我有口气在，

轮到我出手的时候，

我决不会含糊，

看谁还能逍遥自在。

暂且住笔。

——我还得

抽空把刀子磨快！

二、第四章

摸三张

四十张纸牌要取代整个生活。洗牌时，新牌在手里瑟瑟作响，旧牌在手里发涩：破旧的硬纸片仿佛有了生气，木舟花Ａ像是堂胡安·曼努埃尔那样至高无上，肚子滚圆的小马像是西班牙画家委拉斯开兹画的。庄家洗着那些印有图画的纸牌。赌牌说起来容易，做起来更不难，但它的奇妙和异常——赌牌的过程——在活动中显示出来。纸牌一共四十张，出牌的方式从一到二到三到四……直到四十。这个数字非常大，而且极其精妙，前后都有紧挨着的数字，但从不透露。对于洗牌的人说来，这个数字使人眼花缭乱，似乎融入大量的数字。打从一开头，牌局主要的神秘之处就在于和数字同来的另一个神秘。桌面上没有罩布，便于纸牌滑动，堆放着的筹码也标有数字。牌局开始；玩牌的人突然染上了当地的习气，摆脱了一贯的自我。一个不同的自我，一个几乎是先前和本地的自我搞乱了牌局的概念。语言也突然变了。谈话中出现了专横的禁止，狡猾的可能和不可能。手里没有三张同一花式的牌而说"同花"是欺骗行为，理应受罚，如果已经说过"加注"，就没有关系。说出摸三张的一招，就必须承担义务：每一招都用委婉的说法表示。"破了"的意思是"要一张"，"追加"的意思是"加赌注"，"香"或者"花盆架"

的意思是"同花"。输家常常叨念庄家的这句话:"赌牌规矩,有言在先:不下注,别摸牌;如有同花,通吃大家。"往往出现这种情况:在兴头上,说话像是吟诗。对于输家,摸三张有点像是一贴忍耐药;对于兴高采烈的人则像是诗歌。摸三张还像日期那么好记。营火会和酒店里的米隆加、守灵的欢闹、虚张声势的花招、胡宁街和坦普尔街妓院老鸨的恶俗下流,都可以在牌局上的人际交往中看到。赌牌的人是好歌手,特别是他们赢钱或者假装赢钱的时候:傍晚街头露出灯光的杂货铺里传出他们的歌声。

摸三张的惯例是说谎。它的欺骗方式和扑克不同:扑克只是沮丧或者不服输的粗暴,每发几张牌就推出一堆筹码去冒险;摸三张则是发出误导的声音,装出察言观色的样子,不为谎言和胡乱的空话所动。摸三张有弥天大谎:骂骂咧咧地把牌扔到桌上的赌徒可能隐瞒了一手好牌(显而易见的狡猾),也可能用真相引我们上当,要我们不信(完美的狡猾)。本地人的牌局消消停停,有说有笑,但是它的若无其事里面暗藏着狡黠。那是戴着面具的伪装,在俄罗斯大平原相遇招呼的小市民摩西和但尼尔的心态。

"你去哪里，但尼尔？"摩西问道。

"去塞瓦斯托波尔，"但尼尔回说。

摩西盯着他瞅了一会儿，发表意见说：

"你撒谎，但尼尔。你说你要去塞瓦斯托波尔，让我以为你是去下诺夫哥罗德，但可以肯定，其实你是去塞瓦斯托波尔。你撒谎，但尼尔！"

我再研究一下摸三张的赌徒性格。他们仿佛躲藏在嘈杂的说话声中；大叫大嚷地想轰赶生活。四十张纸牌——印有图画的硬纸片做的护身符、廉价的神话、驱邪术——足以让他们驱散日常的生活，不管世事如何纷纭，他们只顾赌牌。我们大家所处的紧迫的现实和他们的聚会互相联系却互不相干；他们牌桌的范围是另一个国家。充斥其中的是下注和要牌、下注的花式和不可预料的彩头、每一副牌的贪婪的惊险、闪烁着希望的金元花七点和其他动人心弦的花式。赌徒们在那个幻觉的小世界里生活。他们用粗俗的闲谈培育那个世界，不断地继膏传薪。我知道那是个狭小的世界：帮派政治和尔虞我诈的幽灵，大杂院和社区巫师创造的世界，但并不因此而不想替代真正的世界，邪恶的野心也并不因此而减弱。

思索一个像摸三张这样的局部事件而不超越或者深入——两个形象十分具体，在这里可以象征一个相同的动作——在我看来是毫无价值的。我希望读者不要忘记摸三张的贫乏性。时间长短不同的争论、预感、心血来潮，不可能不回忆起来。必然随着经历而重复。对于经常赌牌的人来说，摸三张除了作为习惯之外，又能是什么呢？再看看牌局的值得回忆之处和它对传统方式的爱好。事实上，赌徒所做的只是重复以前的机遇。也可以说，是过去经历的片断。早已无影无踪的几代本地人仿佛被活埋在摸三张里面：可以不加比喻地说，他们就是牌局。由此推断，时间是虚幻的。我们从摸三张的印有图画的硬纸片的迷宫领悟到形而上学：一切主题的唯一理由和目的。

马车上的铭文

　　读者心目中务必要有一辆马车的模样。读者尽可以往大里去想，后轮比前轮高，蓄势待发。车夫是土生白人，像他驾驶的木料和铁材制造的车子那般结实，他漫不经心地吹着口哨，或者用温柔得几乎荒唐的声音指挥三匹拉车的马：后面两匹卖力气，前面一匹套着铁链打头开路（对于喜欢用比喻的人，好比破浪前进的船头）。载重或不载重，区别不大，只不过空车行驶时不那么带劲，车夫显得更傲慢，仿佛仍保持着匈奴王阿蒂拉的战车特有的军事含义。行驶的街道可能是鹅山街、智利街、帕特里西奥斯街、里韦拉街或者巴伦廷·戈麦斯街，但最好还是拉斯埃拉斯街，因为那里的车辆林林总总，各式俱全。缓慢的马车在那里总是落后一段距离，但滞后却成了它的胜利，似乎别人的迅疾是奴隶的惊慌紧迫，而它的迟延则是完全掌握了时间，甚至掌握了永恒。（暂时的掌握是土生白人唯一的无限资本。我们可以把迟延提升为静止不动：即空间的掌握。）马车经久不衰，车帮上有一行铭文。郊区的古典主义要求如此，尽管加在马车的坚实、形状、用途、高度和现实的表面现象上的漠然的标识，证实了欧洲讲演人对我们的喋喋不休的指责，我不能隐瞒，因为那是这篇文字的论据。长久以来，我一直在收集马车上的文字：马车上的铭文体现了漫步街头的收获，比起如今越来越少的收藏实物更有诗意。

我无意把那些拼凑起来的东西一股脑儿倒在桌面上，只想显示其中几个。选择标准从修辞学角度考虑。众所周知，那门有条理的学科包括词语的全部效用，直到谜语、俏皮话、离合诗、拆开重组的格言、回文诗、立体回文诗，以及符号的微不足道或者平凡的效用。最后一项是象征手段而不是词语，假如它能被接受的话，我认为把马车上的铭文包括在内也就无可非议了。那是名言的变体，起源于盾牌装饰的文字。此外，不妨把马车的铭文和其他文字相比，好让读者抛弃幻想，别指望我的调查出现什么奇迹。西班牙文学史编纂家梅嫩德斯－佩拉约或者帕尔格雷夫的深思熟虑的选集里，既然没有或者从来没有过，我们在这里又怎么能奢求？

有一个错误十分明显：把马车所属的家族姓氏当作马车真正的铭文。"博利尼庄园楷模"是缺乏想象力的粗鄙的招牌，可以作为我指出的那一类型的例子；"北方之母"是名副其实的萨韦德拉家的马车。这个名字很漂亮，我们可以有两个解释。一个不可信，置隐喻于不顾，假定北方是那辆马车创建的，在它创造性的过程中衍生商号、杂货铺和油漆店。另一个是读者已经看到的名副其实的解释。但是这类名字属于与家族无关的另一种文字，即企业商号的类型。它们常见于有名的老字号，例如乌尔基萨镇的裁缝店"罗得岛巨人"和贝尔格拉诺的床厂"睡乡"，但那不属于我要探讨的范围。

真正的马车铭文花色并不是很多。传统上都用肯定的句子——"贝尔蒂兹广场之花，胜利者"——似乎对花哨感到厌倦。"钓饵"、"手提箱"、"大头棒"也属于这类。我很喜欢最后一个名字，但想起另外一个，也是萨韦德拉家的，就觉得"大头棒"黯然失色了。那第二个名字是"航船"，让人联想到海上漫长的航行，马车在草浪起伏、风沙蔽日的潘帕斯草原上行驶，确实有航船的味道。

送货上门的小马车上的铭文是一种特有的类型。妇女的讨价还价和闲扯家常磨灭了它们闯荡世界的豪气，花里胡哨的文字倾向于吹嘘服务项目和殷勤态度。"潇洒走一回"、"照顾我的人长命百岁"、"南方的小巴斯克人"、"采花蜂鸟"、"有前途的卖奶人"、"好小伙"、"明儿见"、"塔尔卡瓦诺的记录"、"谁都会看到太阳升起"，是一些欢愉的例子。"你的眼睛使我着迷"和"有灰烬的地方一定有火"表现了个性化的激情。"妒忌我的人死不瞑目"，显然带有西班牙式的干预性质。"我不着急"，带有根深蒂固的土生白人的脾性。短句的没精打采或者严厉往往会进行自我纠正，非但由于说法的可笑，而且由于短句的数量太多。我见过一辆卖水果的小马车，除了它那自负的"市郊喜爱的水果车"之外，还用双行诗自鸣得意地宣称：

　　我说过，我重申，

我不羡慕任何人。

另外有一对画得不太高明的探戈舞者的形象，断然标明"古老的权利"。那种简短的废话和精炼的狂热使我想起《哈姆雷特》剧本里著名人物丹麦朝臣波洛涅斯，或者现实生活里的波洛涅斯，西班牙格言派作家巴尔塔萨·格拉西安的措辞。

我再谈谈古典式的铭文。"莫隆的新月"是一个潮湿的夜晚我在各种气味混杂的批发市场中央偶然看到的一辆马车上的铭文，车帮的铁栏杆像是船上的装备，居高临下，俯视四个轮子和十二只马蹄。"孤独"是我在布宜诺斯艾利斯省南部看到的一辆跑长路的大车铭文。它的用意和"航船"相同，只是更露骨罢了。"女儿爱我，与老娘何干"，字数不多，尽得风流，虽然没有尖刻的言词，无赖口气却昭然若揭。"你的吻属于我"也属这一类型，它本是一支华尔兹舞曲的歌词，写在马车上就带有傲慢的味道了。"你瞧什么，妒忌的人"有点女人气和自负。"我感到自豪"，在高高的车夫座上映着辉煌的阳光，远远胜过伯多的激烈的指责。"阿拉尼亚来了"是个美妙的通告。"金发的姑娘，等到什么时候"显得更美妙，非但由于它的省略形式和预先声明对黑发姑娘的偏爱，而且由于副词"什么时候"的用法带有讽刺意味，在这里等于是"永远不"。（我在一首民歌里看到那个蔑视的"永远不"，遗憾的是当时没有低声念几遍把它记住，或者用拉丁文加以淡化。我用下面这首墨西哥当地歌词作为替代，原词见鲁文·坎波斯编的《墨西哥民间创作和音乐》：据说人行道上——不让我走；——他们可以禁止我走人行道，——但我的留恋永远禁止不了。永远不，我的生活也是拼搏的人制止棍棒或另一个人的匕首时一个惯常的出口。）"枝头花开"是一个十分宁静和奇妙的铭文。"几乎一点没有"、"你早该告诉我"和"有谁会说"，讲的是好人改不了的坏习惯。里面包含着戏剧性的情节，在现实生活中相当普遍。它们符合感情的波折：永远和命运相似。它们是文字永久保存下来的姿态，不间断的肯定。它们的暗示手法是郊区居民常用的，他们不可能直截了当地叙述或者推论，说话喜欢吞吞吐吐，泛泛而谈，旁敲侧击：像跳舞那么扭摆。"别为逝去哭泣"这句凄楚的铭文体现了郊区居民的尊严和莫测高深，引起了舒尔·索拉尔和我极大的兴趣，促使我们探索罗伯特·勃朗宁的微妙的神秘、马拉美的琐碎和贡戈拉的令人厌烦。"别为逝去哭泣"，我把那枝深色的康乃馨转送给读者。

文学领域里基本没有无神论。我原以为自己不再相信文学，跃跃欲试地打算收集文学中的这些一鳞半爪。我原谅自己的理由有二：一是民主的迷信，认为任何佚名的作品都有不外露的长处，但我们知道谁都不了解的东西，仿佛智力在无人注意的情况下更为活跃，能更好地完成任务。另一个理由是我们把什么事都看得太简单。我们痛心地承认，我们对于一行文字的评价不可能是最终的意见。如果说我们的信念不寄予整章，至少是寄予整段。在这里，不可避免地要提起荷兰人文学者爱拉斯谟，他不信任格言，总要究其来龙去脉。

时隔多日之后，这篇文字似乎有了可取之处。除了偶然看到的、与我有同好的一位前辈的一段文字之外，我提供不出任何文献出处。那段文字是在如今称作自由诗的古典诗歌的死气沉沉的底稿里发现的。

我记得原文是这样的：

车帮上有警句的马车

早晨在你身边经过，

在杂货铺温馨的街角上

像是等待着天使。

我越来越喜欢马车上的铭文了，它们是市井之花。

骑手的故事

关于骑手的故事多得很，可以说多得无穷无尽。下面讲的一个故事比较简单；后面的几个故事则深刻一些。

乌拉圭的一个庄园主在布宜诺斯艾利斯省买了一所乡村住宅（我可以肯定，当时他是用了这个词）住了下来。他从罗斯托罗斯关雇来一个驯兽人。此人非常可靠，庄园主非常信任他，只是有些不太开化。庄园主让他住在奥塞附近一家旅店最高一层的一个房间里。三天后，庄园主前去看望他，见他正在自己的房间里品马黛茶。庄园主问他，他对布宜诺斯艾利斯的印象如何，结果出乎意料，原来这个驯兽人还没有上过街。

第二个故事与上面说的这个故事差别不大。一九〇三年，阿巴里西奥·塞拉维亚在乌拉圭起义。故事发展到某一阶段时，人们都担心他的军队会进入蒙得维的亚。当时我父亲正在那里，他便去请教一个亲戚，历史学家路易斯·梅利安·拉菲努尔。后者告诉我父亲，留在城里不会有危险，"因为高乔人害怕城市"。事实果真如此，塞拉维亚的军队绕道而行，没人进入城里。于是，我父亲惊奇地发现，学习历史不但饶有兴味，而且还挺有用处呢。[1]

我要讲述的第三个故事是我们家族口头流传下来的。一八七〇年底，由一名高乔人（人们都叫他"铅弹"）率领的洛佩斯·霍尔丹的军队包围了巴拉那城，利用城防军的一时疏忽，攻入城里。他们纵马在城市的中心广场转了一圈，用手拍着嘴，做出种种揶揄、讥讽的动作，然后，在一片口哨声中扬长而去。对他们来说，战争只是显示他们英武气概的一种游戏，而不是贯彻执行某一战略计划的措施。

---

1 伯顿写道，贝督因人到了阿拉伯国家的城市会用手帕或棉花将鼻子捂起来；阿米亚诺说，匈奴人害怕房屋就像害怕坟墓一样。撒克逊人也有类似的情况。他们在五世纪攻入英格兰后，不敢在被他们征服的罗马人建立的城市里居住。他们让这些城市变为废墟后，又为这些废墟大唱挽歌。——原注

我要讲的第四个故事也是最后一个故事，来自一本令人敬仰的书：《草原帝国》（一九三九年）。此书的作者是东方学家格鲁塞。我只要选取第二章的两个片断，便能帮助读者了解这个故事的大意。其中的第一个片段是这样的：

"一二一一年开始的成吉思汗反对金朝女真族的战争时断时续，一直延续到他去世（一二二七年），最后由他的继承人加以完成（一二三四年）。拥有机动性很强的骑兵的蒙古人具有将城镇和乡村夷为平地的能力，却不善于攻下被汉族工匠们建造起来的要塞和城堡。此外，他们在中国的内地作战时就像在草原上作战一样，采用了游击战的战术：他们连续不断地向城镇发起进攻，攻下城市后他们便带着战利品撤退。这样一来，汉人便能重新回到城里，重建被焚毁的房屋、楼宇，修复被炸开的城墙，加固防御工事。于是，在这场战争里，蒙古的将领们不得不一而再、再而三地向同一座城市发动进攻。"

第二个片段的内容如下：

"蒙古人攻占北京后，对百姓进行了大屠杀。他们将居民住宅洗劫一空后，便纵火焚毁，破坏持续了一个月。很显然，这些游牧民族根本不知如何管理城市。他们不懂得利用城市来巩固、扩大他们的势力的道理。这里为人文地理学家们提供了一个很有意思的例证：中间不经某种过渡便立即让来自草原的人们接管具有城市文明的古老国家，结果他们只好进行烧杀。这样做并非出于他们残忍的本性，而是由于他们不知该怎么办才好。他们别无他法，只能这样做。"

下面还有一个经过权威们证实的故事：成吉思汗发动的战争进入最后阶段时，他的一位将领说，中原臣民不会打仗，对他们毫无用处，倒不如将他们斩尽杀绝为好。他还建议将所有城市全都焚毁，将这个大得几乎是无边无际的中央帝国变成一个放牧他们的马匹的巨大牧场，因为不这样做，这个帝国便毫无用处；若这样做，这块土地至少还可以得到利用。正当成吉思汗打算这么办的时候，他的另一个谋士却给他出了一个主意。谋士对他说，与其焚毁城市倒不如对土地和商品征收赋税。于是，文明得救了，蒙古人终于在他们曾经打算摧毁的城市里定居下来，直到老死。毫无疑问，他们最后一定会对对称的园林艺术和他们曾经蔑视的诗歌艺术和陶瓷技术佩服得五体投地。

　　尽管上面这几个故事发生的时间和地点不一样，实际上说的是一回事。这几个故事的主人公都是骑手。第一个故事中讲的那个被庄园主雇用的在客店里住了三天还没有朝门外看上一眼的雇工和那个身背两张大弓，一手拿一根用马鬃编成的套索、一手拿一把马刀，差一点要将那个遭受草原铁骑践踏的世界上最古老的王国化为灰烬的骑手，其实是同一个人。这些骑手尽管属不同的时代，但他们对待城市的态度却有不可磨灭的共同点。了解这些共同点是很有意思的。[1] 然而，我们阿根廷人却对之感受到一丝苦味，因为我们通过埃尔南德斯的有关高乔人的作品，会将自己和行将消失的那些骑手等同起来。希腊神话中的那些半人半马怪被塞萨利人战胜的事实，还有牧羊人亚伯死于务农的该隐之手，拿破仑的骑兵在滑铁卢被英国的步兵击溃……这一切都是骑手没落的标志。

　　在我国文学作品中出现的那些高乔人便是那些离我们越

1　众所周知，伊达尔戈、阿斯卡苏比、埃斯塔尼斯劳·德尔坎波和罗西奇都写过不少有关骑手和城市对话的戏谑性的篇章。——原注

来越远的行将消失的骑手。首先，请看《马丁·菲耶罗》对
他们的描述：

克鲁斯和菲耶罗，

偷偷把马群驱赶。

像土生白人般老练，

让牲口走在前面，

很快就过了边境，

神不知鬼也未见。

两人刚跨过边境，

已是明亮的清晨，

克鲁斯提醒朋友

看一眼身后的村庄，

就只见两行热泪

在朋友脸上滚落。

沿着预定的方向，

钻进茫茫的荒原。

卢贡内斯在《吟唱诗人》里，对高乔人也有描写：

"那天傍晚，天色像白颈鸽子的翅膀一样暗了下来。他戴着一顶黑色的软帽，身披斗篷（它像一面下半旗的旗帜一样往下耷拉着）。我们见到他骑着马，一溜小跑消失在我们熟悉的小山后。可别认为他这样做是由于害怕。"

另外，在《堂塞贡多·松勃拉》里，我们也能读到：

"我教父的瘦削的身躯在丘陵上出现了。我的视线紧紧地盯着在半睡半醒的大草原上缓缓移动着的那个细小的身影。他正要走到山丘的最高处，却又渐渐地消失了。他仿佛自下而上被砍了几刀那样越来越矮小了。我双眼紧盯着那顶黑色软帽，力图将它永远铭刻在自己的脑海里。"

在上面这几段引文中我们可以看到不同时期里高乔人的形象。

"骑在马上的人"的形象颇有令人惆怅之感。在匈奴王阿蒂拉、成吉思汗和帖木儿指挥下的叱咤风云的骑兵曾经摧毁过并建立过巨大的王国，但这一切都昙花一现，骑手建立的功业和他们本人一样转瞬即逝。"文化"一词与种庄稼的农夫有关,"文明"一词则与城市有关,[1] 但骑手却像一阵暴风雨,很快就消失了。卡佩勒在《大迁徙中的日耳曼人》(斯图加特,一九三九年)一书中说:"无论是希腊人,还是罗马人,抑或是日耳曼人,他们都是从事农业的民族。"

1 西班牙文"cultura"(文化)一词与"cultivar"(种植)一词属同族词;"ciudad"(城市)则与"civilización"(文明)属同族词。

《埃瓦里斯托·卡列戈诗歌全集》
出版前言

  我们今天看待埃瓦里斯托·卡列戈时，总是把他同郊区联系起来，往往忘了卡列戈（正如硬汉、女裁缝和外国佬等人物一样）是卡列戈笔下的一个人物，忘了我们把他置身其中的郊区只是他作品的一个反映，甚至是一个幻觉。王尔德认为日本——日本一词所唤起的形象——是北斋创造的；以埃瓦里斯托·卡列戈的情况而言，我们应该假设一个互逆的作用：郊区创造了卡列戈，而卡列戈又创造了郊区。真实的郊区、特雷霍著作和米隆加舞曲反映的郊区影响了卡列戈；卡列戈描写了郊区在他心目中的形象；那一形象又改变了现实（很久以后，探戈和独幕喜剧也改变了现实）。

事情是怎么发生的？卡列戈那个可怜的小伙子怎么会变成现在和今后的样子？也许问到卡列戈本人时，他也回答不出。我鲁钝无能，想象力不丰富，只能向读者提出如下的假设：

一九〇四年的一天，在洪都拉斯街上至今犹存的一幢房屋里，埃瓦里斯托·卡列戈伤心而贪婪地看着一本描写达达尼昂先生——夏尔·德·巴茨——冒险事迹的书[1]。之所以说贪婪，是因为大仲马向他展示了莎士比亚、巴尔扎克，或者沃尔特·惠特曼向别人展示的充分享受生活的乐趣；之所以说伤心，是因为他年轻，骄傲，胆怯，贫穷，自以为被排斥在生活之外。他认为生活应该在法国，在刀光剑影中间，或者在皇帝陛下的军队像洪水那样淹没世界的时候，但我生也晚，生活在二十世纪南美洲一个默默无闻的郊区……卡列戈正这么胡思乱想时，出了一件事。吃力的吉他弹奏声，窗外一排参差不齐的低矮房屋，胡安·穆拉尼亚抬手触碰帽子回答别人的招呼（胡安·穆拉尼亚前天晚上用刀子伤了智利佬

1　指法国作家大仲马小说《三个火枪手》。

苏亚雷斯），四方庭院里的月光，捧着一只斗鸡的老汉，或者任何事情。我们回忆不起来的某件事情，我们了解它的意义但说不出所以然的事情，当时还没有觉察的某件琐碎的小事，给了卡列戈一个启示：随时随地都完整展现的、不仅仅存在于大仲马作品里的世界此时此刻也存在于巴勒莫。"进来吧，这里也有神，"以弗所的赫拉克利特对厨房里烤火的人说。

我曾经想过，人们的生活不论如何错综复杂，千头万绪，事实上只有一个瞬间：也就是大彻大悟，知道自己是谁的那个瞬间。从我试图直觉了解那难以确定的启示开始，卡列戈便成了卡列戈。他已经是多年后创作出下面诗句的作者：

> 他脸上有几道凶险的伤疤，
>
> 那些抹不掉的血的痕迹
>
> 也许让他自鸣得意：表明
>
> 手握匕首的女人的变化莫测。

最后一行诗几乎奇迹般地回响着身佩武器的战士伙伴的

中世纪的想象，德特勒夫·冯·李利恩克龙在他著名诗句中的想象：

> 他把他的希尔夫诺特剑带到弗里斯兰人中间，
>
> 今天这把剑却将他欺骗……

一九五〇年十一月，布宜诺斯艾利斯

探戈的历史

严谨的学者维森特·罗西、卡洛斯·维加、卡洛斯·穆西奥·萨恩斯·培尼亚用多种方式撰写了探戈的历史。我欣然声明我支持他们的所有结论，甚至支持他们的任何结论。电影经常传播探戈命运的历史；按照电影感情用事的说法，探戈起源于郊区，起源于妓院（一般是在小河口，因为那一地区的摄影画面效果特别好）；起初上层社会对这种说法加以排斥；一九一〇年前后，在巴黎的影响之下，终于为那有趣的郊区事物敞开了大门。那部"描写贫穷青年成长过程"的Bildungsroman（教育小说）已经成了一种不容置疑的事实或者不说自明的道理；我的记忆（我已年过五十）和我进行的口头调查结果显然不能对此确认。

我访问过《费利西亚》和《黑发女郎》的作者何塞·萨沃里多，《唐璜》的作者埃内斯托·庞西奥，《铁屑》和《菜牛检验处》的作者维森特·格雷科的兄弟，巴勒莫的头头尼古拉斯·帕雷德斯，以及他认识的民间歌手。我小心避免可能有诱导性的问题；主要让他们说。

　　问起探戈的起源时，他们提供的地域和地理情况各不相同：萨沃里多（他是乌拉圭人）认为起源于蒙得维的亚；庞西奥（雷蒂罗区人）倾向于认为是布宜诺斯艾利斯的他那个区；布宜诺斯艾利斯南部的人提出智利街；北部的人则提出妓院林立的坦普尔街或者胡宁街。

　　尽管我列举了这些分歧，假如问到拉普拉塔人或者罗萨里奥人，还可能有更多的答案，有一个基本的事实是一致的：探戈源自妓院。（关于这一起源的时期也大致相同，大家认为不早于十九世纪八十年代，不迟于九十年代）。考虑到价格因素，乐队的原始乐器——钢琴、长笛、小提琴，后来还有手风琴——证实了这种说法；这足以证明探戈并非起源于郊区，谁都知道，郊区有六弦琴就够了。当然还有别的证明：淫荡的形象，某些标题的明显含意（"嫩玉米"，"强劲"），我小时在巴勒莫，多年后在查卡里塔和伯多看到的一对对的男人在街角上跳舞的情形，因为镇上的女人不愿意参加放荡的舞蹈。埃瓦里斯托·卡列戈在他的《异端的弥撒》里记载了下来：

> 街头围观的人们
>
> 啧啧称羡，起哄喝彩，
>
> 因为两个男人随着莫罗查的节拍
>
> 敏捷地在跳探戈舞步。

卡列戈的另一首诗描写了一场寒碜的婚礼，许多细节使人伤心；新郎的哥哥还关在监狱里，两个浑小子想打架闹事，硬汉不得不把他们镇住，婚礼带着担心、怨恨的气氛，人们说着粗俗下流的笑话，然而：

> 新娘的大伯认为责无旁贷，
>
> 必须注意舞会是不是正派，
>
> 他悻悻说跳舞时不准扭摆，
>
> 即使开开玩笑也万万不可。

——且不谈检点，可以肯定的是，

那些小伙子中间没有一个同她般配。

家里虽然很穷，谁都不会否认：

但是不管怎么说，为人正派。——

这两节诗让我们隐约看到的一个人瞬间的严厉，充分说明了人们对探戈的最初反应，卢贡内斯曾简练地斥之为"妓院里的下流东西"（《吟唱诗人》，第一百一十七页）。多年后，北区试图把探戈——当然，已经被巴黎加以净化——引进大杂院，我不知道是否成功。反正以前的探戈是放纵的胡闹；今天像走路那么平常。

寻衅闹事的探戈

许多人注意到探戈在性方面的性质，但很少有人涉及它寻衅闹事方面的性质。两者确实都是同一种冲动的方式或者表现，"男人"一词在我了解的所有语言里都含有性能力和好斗能力的意思，拉丁文中表示勇敢的 virtus 一词来自 vir，也就是男人。同样地，吉卜林的小说《吉姆》里，一个阿富汗人说："我十五岁的时候就杀了一个人，生了一个人。"似乎这两件事本质上是一件。

光谈寻衅闹事的探戈是不够的；我还要说，探戈和米隆加直接表达了诗人们多次想用言词表达的东西：即争斗能成为欢乐。在六世纪约尔丹内斯撰写的著名的《哥特人的起源和历史》里，我们看到阿蒂拉在马恩河畔的夏龙战役惨败之前，鼓动他的军队说，命运为他们准备了战斗的欢乐。《伊利亚特》里提到古希腊人认为打仗比乘着空船回他们亲爱的故乡要好，还提到特洛伊王子帕里斯飞奔着投入战斗，像是一匹寻找母马的、鬃毛飞扬的公马。在日耳曼文学的鼻祖撒克逊史诗《贝奥武甫》里，游吟诗人把战斗称为剑戏。十一世纪的斯堪的纳维亚诗人把战斗称为"维京人的节日"。十七世纪初，西班牙诗人克维多在一首浪漫歌谣里把决斗叫做"剑舞"，和那位佚名的盎格鲁－撒克逊诗人所用的"剑戏"有异曲同工之妙。杰出的法国作家雨果回忆滑铁卢战役时写道，士兵们清楚地知道他们即将死于那场欢宴，便挺立在暴风雨中向他们的神致敬。

这些例子是我平常看书时随手摘下来的，不用花太大气力可以找出许多，《罗兰之歌》和阿里奥斯托的大量诗作里也许还有相同的地方。这里记的例子——比如说，克维多和阿蒂拉的——具有无可否认的效验；然而都有文学方面的先天欠缺：它们是词的结构，由符号组成的形式。举例说，"剑舞"使我们把跳舞和搏斗两个不同的概念联结起来，让前者充满后者的欢乐，但是没有直接涉及我们的气质，没有在我们心中引起欢乐。叔本华（《作为意志和表象的世界》，第一篇第五十二节）说音乐带来的直觉不亚于世界本身；如果没有世界，没有语言所唤起的大量共同记忆，肯定就不会有文学，但是音乐可以不依赖世界，即使没有世界，也能有音乐。音乐是意志，是激情；旧时的探戈像音乐一样，往往直接传达了古希腊和日耳曼游吟诗人试图用语言表达的好斗的欢乐。某些现代的作曲家追求那种豪迈的气概，有时候成功地创作了南区或者北区的米隆加，但是他们刻意仿古的歌词和曲调只是悲叹往昔的怀旧之作，尽管调子欢乐，本质上是伤感的。《堂塞贡多·松勃拉》对《马丁·菲耶罗》或者《保利诺·卢塞罗》的影响，在罗西书中记载的强劲和无邪的米隆加也可以看到。

奥斯卡·王尔德在一篇对话里提到，音乐向我们揭示了我们迄今为止没有经历过的个人往事，促使我们悲叹我们没有遭遇过的不幸和没有犯下的过错；我也承认，我一听到《马恩》或者《唐璜》时，往往就清晰地回想起一段不真实的既禁欲又放纵的往事，仿佛我曾向人挑战，与之搏斗，最终在一场用匕首的决斗中无声无息地倒下。探戈的使命也许就是这样：让阿根廷人确信他们是勇敢的，满足了他们英勇和尊严的需求。

部分的神秘

探戈的补偿性功能得到承认之后，还有一个小小的神秘需要澄清。美洲的独立在很大程度上是阿根廷的事业；阿根廷人在美洲大陆许多地方，在马伊普、阿亚库乔、胡宁辗转征战。后来又有内战，巴西战争，反抗罗萨斯和乌尔基萨的战役，巴拉圭战争，对付印第安人的边境战争……我们的征战历史悠久，然而无可争辩的是，阿根廷人自命英勇的时候并不把自己和它等同起来（尽管学校里也注重历史课），而是和大量高乔人和哥儿们的普遍形象等同起来。假如我没有弄错的话，这种本能的、荒诞的特性是有原因的。阿根廷人在高乔人，而不是在军人身上找到了象征，因为口头文学赋予高乔人的英勇不是为某一个目标服务，而是为英勇而英勇。高乔人和哥儿们是叛逆的化身；和北美人以及几乎所有的欧洲人不一样，阿根廷人不把自己和国家等同起来。这一现象可以归因于阿根廷人认为国家是一个难以想象的抽象概念[1]；可以肯定地说，阿根廷人是个人，不是公民。在阿根廷人看来，黑格尔的"国家是精神概念的现实"之类的名言仿佛是恶意的玩笑。好莱坞摄制的电影经常宣扬一个故意同罪犯交朋友的人（一般是新闻记者），后来把罪犯交给了警方；对于阿根廷人来说，友谊是热情，警方是黑手党，他认为那种好莱坞式的"英雄"是不可理解的无赖。他赞赏堂吉诃德所说的"咱们一旦离开了人世，有罪各自承当"以及"好人不该

---

1 国家是没有个性的；阿根廷人只认个人关系。因此，对阿根廷人来说，盗窃公共财产并非罪行。我只说明一个事实，并不是认为它合理或者为它开脱。——原注

充当刽子手，这个行业和他们不沾边"（《堂吉诃德》，第一部第二十二章）。面对西班牙风格的虚幻的对称，我不止一次地觉得我们和西班牙的差别实在太大了；《堂吉诃德》的这两句话却足以让我认识到我的错误；它们像是亲缘的平和而隐秘的象征。阿根廷文学描写的一个夜晚提供了深刻的证明：在那个月黑风高的晚上，一位乡村警官嚷嚷说，他决不允许一个勇敢的人被杀，随即反戈一击，站到逃兵马丁·菲耶罗一边，同他手下的士兵打斗起来。

歌　　词

　　灵感和勤奋所创造的探戈歌词出自千百人不同的手笔，质量参差不齐，经历了半个世纪之后，终于形成了一个几乎盘根错节的 corpus poeticum（诗歌体），阿根廷文学史家们将加以披阅，或者在任何情况下加以维护。只要它们不再为人们所理解，只要随着岁月的推移而趋于陈旧，它们的通俗性会获得学者怀旧的景仰，引起论争和诠释；到了一九九〇年，也许有人猜测或者断言，我们时代的真正诗歌不在班奇斯的《陶瓷》，或者马斯特罗纳尔迪的《外省之光》，而在珍藏于《歌唱的灵魂》里的那些并不完美的诗篇。这个假设有点悲哀。由于应受谴责的疏忽，我没能收集并研究那些混乱的篇目，但我并不是不了解它们主题的多样性和纷繁。探戈最初没有歌词，即使有，也失之轻佻或随意。有些歌词相当粗俗（"我是布宜诺斯艾利斯——高尚高乔人的忠实女伴"），因为词作者追求通俗，而当时的郊区和放荡生活不能成为诗歌题材。另一些，例如同类的米隆加[1]，则是轻率卖弄的吹嘘（"我跳探戈何等狂放——每当我举手投足，左顾右盼——即使身在南区——也会在北区引起议论"）。后来这一品种趋于复杂，好像法国的某些自然主义小说或者贺加斯[2]某些版画，《娼妓历程》，描绘的沧桑变化（"后来你成了——

1 　我来自南区，
　　住在雷蒂罗。
　　不管同谁打斗，
　　我从不含糊，
　　要跳米隆加，
　　谁都不是我对手。——原注
2 　William Hogarth（1697—1764），英国画家，《娼妓历程》和《浪子历程》是他著名的系列版画。英国议会一七三五年通过的保护著作权的《贺加斯法案》以他命名。

一个药剂师老头——和检察官儿子的姘头——再也成不了气候");再后来,经常打架闹事或者贫困地区的题材可叹地转变成了体面社会的题材("阿尔西纳桥——那些为非作歹的人在哪里?——那些男男女女——雷克纳熟悉的红头巾和软帽在哪里?——我旧时的克雷斯波镇在哪里?犹太人来了,三执政街完了")。很早开始,探戈歌词写的多半是隐秘或缠绵的爱情的焦虑("你可记得你同我一起的时候——你戴的一顶帽子——和你系的那条皮腰带——是我从别的女人那里弄来的?")。谴责的探戈,憎恨的探戈,嘲笑和怨恨的探戈写得很多,不值得在这里援引回忆。城市的忙碌逐渐进入探戈;放荡生活和郊区已不再是唯一的主题。古罗马诗人尤维纳利斯在他的讽刺诗集的前言里精辟地写道:打动人的一切——欲望、恐惧、愤怒、肉欲的快感、阴谋诡计、幸福——都将是他书中的题材;我们不妨夸张地把他的名言"人们熙熙攘攘,所为何来"用于所有的探戈歌词。我们还可以说,这些歌词形成了布宜诺斯艾利斯生活的互不相干的、浩瀚的"人间喜剧"。大家知道,德国学者沃尔夫在十八世纪末期写道:《伊利亚特》在成为史诗之前只是一系列歌曲和叙事诗;据此，也许可以预言，随着时间的推移，探戈歌词可能成为一首长诗，或者促使某个有雄心壮志的人写出那首长诗。

安德鲁·弗莱彻有句名言："如果让我写下一个民族的全部叙事歌谣，那么谁制定法律我都不在乎。"这一见解暗示大众的或者传统的诗歌能影响人们的感情，左右人们的行为。把这种猜测应用于阿根廷探戈，我们会看到阿根廷现实的反映，和一个肯定产生有害影响的导师和榜样。最早的米隆加和探戈也许有点愚蠢，或者有点不知所措，然而至少是豪迈欢快的；后期的探戈则像是一个怨天怨地的人，成天悲叹自己的不幸，无耻地庆幸别人的不幸。

记得一九二六年前后，我曾把探戈的蜕化归咎于意大利人（更具体地说，归咎于博卡区的热那亚人）。如今，我在那个所谓被"外国佬"败坏的"本地"探戈的神话或者幻想里看到了后来祸害世界的某些民族主义异端邪说的清晰征兆——自然是由外国佬造成的。使探戈落到现在这个地步的，不是我有朝一日会称之为怯懦的手风琴，也不是河畔郊区的那些勤奋的作曲家，而是整个共和国。此外，创造探戈的老一辈的土生白人是贝维拉夸、格雷科或德巴西……

有人会反对我对当今阶段的探戈的诋毁，说是从豪迈或虚张声势向忧伤转变不一定是过错，而可能是成熟的迹象。我假想的争辩者很可能会补充说，拿最早的探戈同当今的探戈相比，正如拿善良可贵的阿斯卡苏比同牢骚满腹的埃尔南德斯相比，也许除了豪尔赫·路易斯·博尔赫斯之外，谁都不会鼓起勇气来贬低《马丁·菲耶罗》，说它不如《保利诺·卢塞罗》了。答复很容易：两者的差别不仅仅在于享乐色彩，还在于道德色彩。布宜诺斯艾利斯日常的探戈，家庭晚会的探戈，和正派咖啡馆里的探戈有一种轻薄下流的意味，是刀客和妓院里的探戈绝不会有的。

从音乐角度考虑，探戈也许不重要；它唯一的重要性是我们给予的。这个想法很合理，甚至适用于所有事物。比如说，我们个人的生死，或者不把我们当一回事的女人……探戈可以研究，我们也在研究，但如同一切真实的事物一样，它包含一个秘密。音乐词典载有关于它的简明扼要的定义，得到大家认可；那个基本的定义并不费解，但是轻信那个定义的法国或者西班牙的作曲家策划了一种"探戈"，却不无惊讶地发现他们策划的东西不是我们耳熟能详的，不是我们的记忆容纳的，也不是能让我们翩翩起舞的。有人说，没有布宜诺斯艾利斯的黄昏和夜晚就不能跳探戈，天国期待于我们阿根廷人的是探戈的纯精神概念和它的普遍形式（"菜牛检验处"和"嫩玉米"不能解释的形式），那种幸运的舞蹈尽管出身微贱，在全世界却有一席之地。

挑　　战

有一个传说或历史故事，或者既是历史又是传说的事实（那也许是叙述传奇的另一种方式），证明了人们对勇敢的崇拜。它的最好的文字记载在爱德华多·古铁雷斯的小说里，如今，在不公平地遭到遗忘的《黑蚂蚁》或者《胡安·莫雷拉》里可以找到；我第一次听到的有关的口头叙述来自一个名叫火地的有监狱、河流和墓地的地区。故事的主人公是胡安·穆拉尼亚，北部郊区流传的所有勇敢故事集中于他一身的车夫和刀客。第一种说法很简单。有个在牧场干活的人耳闻胡安·穆拉尼亚的名气（从未谋面），特地从南部郊区来找他比试；来人在一家杂货铺里向他挑衅，两人到街上去决斗；

都受了伤，最后，穆拉尼亚在对手脸上留了伤疤，对他说：

"我留你一条活命，好让你再来找我。"

那次江湖气十足的决斗给我留下深刻印象；我和朋友们聊天时经常提起；一九二七年前后，我把它写了下来，取了一个简洁的题目《搏斗的人》；几年后，我根据这件轶事构思了一个并不精彩、但相当走运的短篇小说《玫瑰角的汉子》；一九五○年，阿道弗·比奥伊·卡萨雷斯和我重新捡起这故事，编了一个电影剧本，取名《郊区人》，但没有找到摄制的厂家。费了好大劲之后，我认为我不会再去关心那场宽宏大量的决斗故事了；同年，我在奇维尔科伊听到一个精彩得多的说法，但愿它更贴近真实，尽管两者很可能都是真的，因为命运喜欢重复，发生过一次的事情还会发生多次。一个有缺陷的版本产生了两个平凡的短篇和一部我认为极好的电影剧本；另一个完美无缺的版本却无声无息。现在我按听到的原话如实讲来，不加比喻或背景。故事发生的地点是奇维尔科伊县，时间是一八七几年。主人公名叫文塞斯劳·苏亚雷斯，住在一个小庄园，以编结套索为生。他年纪四五十岁；有勇敢的名气，据说坏在他手里的性命（光算我故事里的事实）不下一两条，只不过干得合乎规矩，他并不因之内疚，也无损于他的英名。一天下午，这个人的平淡生活中发生了一件罕见的事：在酒店里他听说有他的一封信。堂文塞斯劳不识字；酒店老板慢慢地念出那封托人代笔的、措辞客气的信。寄信的陌生人说，文塞斯劳刀法出众，处变不惊，远近闻名，他特地代表几个也有仰慕之心的朋友向他致敬，邀请他赏光去圣菲省某镇他的寒舍。文塞斯劳·苏亚雷斯口授，请酒店老板写了一封回信；感谢对方盛情相邀，但解释说他母亲上了年纪，他不愿把她一人留在家里，希望对方能来奇维尔科伊他的庄园，烤肉和酒的款待总是有的。过了几个月，一个装备和本地不太一样的骑马人来到酒店，打听苏亚雷斯的住处。苏亚雷斯正好在买肉，便上前搭话说自己就是他要找的人；陌生人提起前些日子来往的信件，苏亚雷斯为他决定前来感到高兴；两人便找了一块空地，生火烤肉。他们吃喝聊天。聊什么？我估计是一些血腥野蛮的话题，不过谈得谨慎小心。他们吃完，午后的太阳晒得地面发烫，陌生人请堂文塞斯劳过过招，指点指点。拒绝是不光彩的。两人便动起手来，开始并不认真，但是文塞斯劳很快就发现陌生人出手狠毒，存心要他性命。他终于明白那封措辞客气的信的含意，后悔不该吃饱喝足。对方是个小伙子，他知道自己体力很快就会不支。陌生人出于讽刺或礼貌，建议休息一会儿。堂文塞斯劳同意了，恢复决斗时，他卖个破绽，让对方刺中他裹着斗篷的左手[1]。匕首插进手腕，手丧失了知觉，软绵绵地垂了下来。苏亚雷斯猛然往后一跳，把那只鲜血淋漓的手搁在地上，用穿着靴子的脚踩住，硬扯了下来，接着他向陌生人扑去，一刀捅开了那人的肚子。故事到此结束，有人说那个圣菲人当场丧命，也有人说他返回了圣菲老家（连死的尊严也不给他）。第二种说法还提到苏亚雷斯用午餐剩下的酒冲洗手腕，进行急救处置……

"独手"文塞斯劳——苏亚雷斯此后得了这个光荣绰号——的英雄事迹中某些温顺或者礼貌的特点（编结套索的

1　蒙田在他的《随笔集》（第一卷第四十九章）里谈到那种古老的搏斗方式，并且引用了恺撒的一段话：Sinistras sagis involvunt, gladiosque distringunt（左手用大氅包裹，挡住刺来的剑）。卢贡内斯在《吟唱诗人》第五十四页引用了贝尔纳多·德尔坎波歌谣的相似的地方：

　　　　把披风缠上前臂，
　　　　剑拔出了鞘。　——原注

职业，不把母亲一人留在家里，以礼相待的谈话和午餐）淡化或者加强了故事的戏剧性；这些细节替故事增添了史诗般的，甚至骑士小说般的特点，假如我们不是存心寻找的话，在《马丁·菲耶罗》里的酗酒打斗，或者在胡安·穆拉尼亚同南方人的情况类似、但差劲得多的打斗中是找不到的。两种说法的一个共同特点也许值得注意：挑衅者最后都被打败了。这可能出于希望本地英雄得胜的小家子气，也可能出于对这些虚构的英雄故事里挑衅行为的不言而喻的谴责，更高明的是出于"祸福无门，惟人自召"的隐秘的悲剧性信念，正如但丁《神曲·地狱篇》第二十六歌里尤利西斯的情况一样。爱默生赞扬古希腊普鲁塔克写的传记，说它们"具有一种浑然天成、难以仿效的克制"，他肯定也会赞赏这个故事。

于是我们有了生活极其贫困的人，拉普拉塔和巴拉那河畔地区的高乔人和郊区人，他们以他们的神话和殉道者无意之中创造了一种勇敢的冷酷而盲目的宗教，随时准备杀人和被杀的宗教。那种宗教像世界一样古老，但在美洲这些共和国里将由牧人、屠夫、赶牲口人、逃亡者和亡命徒重新发现和经历。他们的音乐将存在于米隆加和早期探戈的风格中。

我说过，那种宗教相当古老；十二世纪的一部萨迦里有这么一段话：

"告诉我，你相信什么？"伯爵说。

"我相信自己的力量。"西格蒙德答道。

毫无疑问，文塞斯劳·苏亚雷斯和他不知名的对手，以及神话已经忘掉或者载入的其他人具有的那种男性的信仰，不一定是虚荣心，而是意识到每个人心里都有上帝。

信　两　封

（《探戈的历史》其中一章发表后，作者收到两封来信，现附在书后，以飨读者。）

乌拉圭河畔康塞普西翁（恩特雷里奥斯）

一九五三年一月二十七日

豪尔赫·路易斯·博尔赫斯先生：

　　我在十二月二十八日的《民族报》上看到了《挑战》一文。

　　鉴于您对文中事实的性质表现出来的兴趣，我想您也许愿意知道家父讲过的一件事，家父已去世多年，目击了那件事的经过。

地点：瓜勒圭附近鲁易斯港的"圣约瑟"屠宰场，该场由劳伦塞纳－帕拉楚－马尔科公司经营。

时期：六十年代。

屠宰场的雇员几乎全是巴斯克人，但有一个姓菲斯泰尔的黑人，此人玩刀子的功夫闻名省内外，您马上就会看到。

一天，鲁易斯港来了一个穿戴时髦讲究的乡下人：黑色羊毛的兜裆围腰、刺绣裤子、绸围巾、腰带上缀满了银币，英武的坐骑也打扮得十分气派：嚼子、胸带、马镫和笼头都是金饰银制的，腰间一把刀子与之配套。

他说他在"弗赖本托斯"屠宰场听到菲斯泰尔的名声，认为自己也是一条好汉，想同菲斯泰尔一比高低。

他们很快见了面，两人之间根本没有芥蒂，便商定决斗的日子和时间，地点就在屠宰场。

屠宰场的雇员和附近的闲人围成一个大圆圈，两人在圆圈中央开始厮杀，本领都十分了得。

你来我往斗了好久之后，黑人菲斯泰尔的刀尖刺中对方前额，伤口虽然不大，但血流如注。

外地人发觉自己受了伤，便把刀子扔在地上，向对方伸出手说："您比我高明，朋友。"

两人成了极好的朋友，分手时交换了刀子，作为友谊的证明。

我忽然想到，假如经您的大手笔处理，这一事实（家父从无诳言，我相信它是历史事实）可供您在改编电影脚本时采用，不妨把"郊区人"改为"高尚的高乔人"之类的片名。

向您致敬！

埃内斯托·T·马尔科上

奇维尔科伊
一九五二年十二月二十八日

致豪尔赫·路易斯·博尔赫斯先生，《民族报》转
事由：对《挑战》的评论（一九五二年十二月二十八日）

尊敬的先生：

我写这封信的目的是提供一些情况，不是纠正，因为基本内容不动，只有少许形式的变化。

《民族报》今天刊登了《挑战》一文，其中描写的决斗细节，我多次听家父说起，家父当时住在"堂娜伊波利塔酒店"附近他的一个庄园里，文塞斯劳和那个陌生人之间的可怕决斗就发生在酒店前面的空地上。陌生人对文塞斯劳说，他来自阿苏尔，久闻文塞斯劳大名，特地前来较量一下。

两个对手在一堆干草旁边吃了饭，其间肯定互相观察，也许话不投机，南方人提出比试比试，文塞斯劳当场答应。

阿苏尔人善于跳跃，对手的刀子难以挨近，时间长了对文塞斯劳不利。堂娜伊波利塔的一个雇工觉得事态严重，关上了酒店大门，爬到草堆上，哆哆嗦嗦地观看两人拼杀。文塞斯劳觉得拖下去不是办法，便卖了一个破绽，伸出用斗篷裹着保护的左手。阿苏尔人立刻像闪电似的扑来，一刀劈到文塞斯劳的手腕，与此同时，文塞斯劳的刀尖也刺中对方的眼睛。一声狂吼划破了草原的宁静，阿苏尔人逃进酒店，关上结实的大门。文塞斯劳踩住只有皮肤相连的左手，用刀子把它从手臂上砍掉，残臂伸进衬衣的前襟里，去追逃走的人，像狮子似的咆哮着，要他出来继续厮杀。

从那时起，人们便把文塞斯劳叫做"独手文塞斯劳"。他靠编结生皮绳索谋生，从不给人添麻烦。酒店里有他在，就能确保平安，他用低沉的嗓音发出有力的警告，立刻能镇住打架闹事的人。他生活虽然贫困，但为人正派。俭朴的生活起了重要作用，因为他高傲的性格容不得侮辱，甚至蔑视，他对人性的弱点有深刻认识，怀疑当时的司法是否不偏不倚，从而习惯于自行其是。他在这方面吃了大亏，甚至危害了自己的生命。

一个外国佬的胡作非为使他不得不采取行动，给自己招来了不幸。有一次，他去酒店打抱不平，被一支由警察和市民组成的人数众多的执法队团团围住。动刀子格斗的人数众寡悬殊，文塞斯劳一个人要对付五个，但他仍占上风，可是一个市民开枪打中了他，这位第十三区的英雄倒地不起。

其他的细节都如文中所述。他和老妈妈一起住在一座茅屋里。那座屋子是街坊们帮他盖起来的，家父也帮了忙。他从不干偷鸡摸狗的事。

借此机会，我以钦佩的心情向一位天才的作家致敬。

胡安·B. 劳伊拉特上

JORGE LUIS BORGES
Evaristo Carriego

图字：09-2010-605号